天訣

莫斌●著/繪

闢地之曉，五行生之天女，艷絶無倫，飛行虛空，奉飛天稱號。
天女歷無妄苦難，墜化人世，無可回返。
觸無常五蘊，二苦纏身，污飛天之真性，行五惡，步殺生戒，屠踊。
世間奇人，解倒懸，救蒼生，弒天女。瀕死天女傾玄妙仙法，咒詛生之。
飛天拜奇人盡數損以，然奇人墮入魔道，其惡更勝，犯十重罪。
國禍未解，災厄綿綿。
入魔者，承一切劫難，世間難信之法豈不變不死爲之？
萬人作虛，一人傳實，相互欺瞞，真真假假，嗚呼哀哉。

——《天訣》入話

目次

推薦序

我為這故事裡的一個設定特別去查閱文獻，忍不住好奇作者怎麼會給予飛天這麼個戲路。

唐藏《金光明經疏》云：「外國呼神亦為天。」而飛天，即是在空中飛翔的神明。考一下古，我們知道佛教起源自古印度，東漢末年時才東傳，起初佛教神祇個個為男性，飛天也不外乎如是，隨著與唐土文化的結合，才蛻變為如今陰柔美麗的女性神。

飛天的梵文為Kipnara，意思是能歌善舞的神，在著名的敦煌莫高窟壁畫中總呈現為正向的存在。見飛天，見喜樂。可能基於我本身對飛天抱持著相當的憧憬與好感，因此，《天訣》賦予飛天的形象使我大為震撼，每讀到兩軍交戰，總感覺有不輸耶和華降下十罪的恐怖。

滅世故事我們不陌生，無論是耳熟能詳的天父降大洪水、埃及的愛神哈托爾得到「神之眼」後對人類大肆屠戮、中國十個太陽燒灼大地。滅世傳說，存在於每個文化，故，也是跨種族的語言。

末日故事的看點我認為有四：一是「舞台毀滅後的日常刻畫」、二是「舞台被什麼東西毀滅」、三是「為什麼要毀滅舞台？」、四則是最終的核：「舞台毀滅，給角色（及讀者）什麼啟示」。

大眾小說的要穴莫屬情節的精彩度，這方面，我認為作者安排每場戲的斷點恰到好處。末世裡，上一秒還在對你掏心掏肺的角色，你正同情，卻擔心他們下一秒便會喪生，刺激得令人摒息。

莫高窟乘載的藝術性豐富博大，不僅紀錄佛教傳說，更傳遞當時人的婚喪嫁作、柴米油鹽，叫人如何不視若珍寶？

其特色除了飛天壁畫，便要算千佛洞了。

七百三十五個洞窟內，供養著數千數百個佛，祂們為飛天圍繞，活似《天訣》角色們的處境。滅世中見芸芸眾生，裘家軍讓我聯想起《七劍下天山》裡的俠客，他們自由奔放，與出於帝王家的邢霍斌正好互為對照，頂著舉世滅亡的強風，九流男女攜手共存，實在是百看不厭的題材。

不過我最喜歡的還是飛天，在我眼中，她們才是這本書的靈魂。

正如莫高窟少了飛天壁畫，千佛必將黯然失色。

沒機會一訪美妙的莫高窟嗎？

那先來一睹《天訣》吧！

溫菊／第一屆兩岸青年網路文學大賽最高人氣票選作品作者

&居鏡文學人氣榜首超過9個月

第一回：生之天女者

週遭景色急促幻遷，我任由馬匹駝著蜷縮的無力身軀奔馳。痛意自頸、腹、心源源而出，四肢無不痛得痙攣。

馬匹汗血淋漓，腰際懸掛的長劍即將脫落，我已沒有氣力將它抓得牢靠，只能將臉塞入臂膀，不忍去看。

諸魂歸天，業已入魔的我，就此與天訣別。

琮琤之音令我惶惑坐起，玲瓏小杯同時因手拙捽落，碎成一瓣瓣剔透。

茫然的思緒壞了一只好杯，我向掌櫃頷首致歉，亦表明將如實賠償。

我整衣，將茶館川流不息的來客盡收眼裡，清清嗓子，以中氣十足的嗓音開始我周而復始的入話。

我的入話一如往常，這是我唯一不需要更動的部分。我揮腕，吟誦間刻意讓紙扇倏地開展，誇張的動作瞬刻吸引茶館內男女老幼目光。

「這個故事奇異的程度讓你們無法猜想，然而它卻絕絕對對是真實故事。所謂『人外有人，天外有天』這句話說得真真不假！在你們這個國家的上頭，也就是天的那端，尚有另一個國家存在，她叫做『邢國』。

邢國歷史悠久，依據我的研究，我只能概括推測邢國與秦代大致在同一個時間線，同樣也是個民不聊生、兵燹戰亂的時代。」

我觀察聽眾的表情適時頓了頓，開頭不論我如何刪減，依舊冗長。

「邢國這個國家看似有條不紊，與諸位所在的『這裡』不論季節氣候、風土民情都極其相似。唯有一點是你們不曾經歷的！自遠古之初一脈流長的邢國，神魔、人類相互群生，人類與魑魅魍魎始終維持危險平衡。

可惜這種假相終究逃不離時間摧殘。變數孳生。

變數乃生之天女者，凡夫俗子、文人雅士口中的『飛天』。飛天原本生活於仙界，因為不明理由墜落邢國。

唐代李太白不是有那麼一段詩句——『素手把芙蓉，虛步躡太清；霓裳曳廣帶，飄拂昇飛行』？

聽來很美，然而相信我，時至今日，不曾出現比飛天更讓人頭皮發麻的生命。

她們有著冶艷的外表，內心卻比毒蛇更加狠辣。受天之驕寵，生為天女者，無所謂生死命數，她們生而不死。」

「哇！不會死耶！好羨慕喔！」

扎著雙辮的女孩托著腮幫子，眼神迷濛地喃喃自語，那份不實嚮往令我蹙眉。

「照理來說不生不滅確實值得傾羨，然而飛天雖不死，仍舊會衰老力竭。

就算不會色衰肉弛，不死也是令人畏懼的。諸位想想，物換星移、人事已非難道不是地上煉獄？

好了，別再打岔！讓我好好把這個故事說完吧。」

見著她搗起嘴的頑皮模樣，我靜靜繼續。

「我試著具體形容邢國吧！

對了！世界就像東坡肉，是分層的。

簡單來說可分成三層，最上一層乃仙界，存在神魔鬼怪。第二層則是我所說的邢國，一個與秦漢差不多為同一時間線的相似國家，最下一層則是這兒，各位居住的中原大陸。即使三個世界未有實際交集，有一件事情卻是萬事萬物的通則——美好的事物都是帶刺的。即便帶刺，美麗的生命依然萬眾矚目。

飛天正是最好的例子。」

在過往的經驗中，我這番形容總能引起人們興趣。一般說書多半以英雄豪傑為內容，不像我以女色為開端，正文更混雜神怪俠義。

物以稀為貴，故事也是。

「方才我提到的飛天，外表皆是最美艷脫俗的女人，她們的身材濃纖合度，婀娜多姿的體態配上柔情似水的嗓音，男人都會臣服於她們……」

※　※

即便貂蟬、西施這樣的傳世美女再度臨世，於飛天面前也不過是庸脂俗粉，不足為提。

有道是最毒婦人心，就像褒姒這種九尾狐妖，飛天亦屬駭人的妖精鬼魔之流。她們嗜血好鬥，有的飛天更會奇異妖術，令人難以防範於未然。

身為天之驕女的飛天能騰雲駕霧，她們各個穿著輕薄的霓裳羽衣，於蒼穹上自由奔馳。

本來生於仙界的飛天應該與下頭的邢國百姓井水不犯河水，只可惜，艷絕飛天因不明原因從仙界失墜至邢國，她們被滯於世，無可回返。

怨懟助長氣燄，恨意竄升，擁有所有置人於死地恐怖仙法的殛天芙蓉就此降世。

絕對不會有比殛天芙蓉那雙烏黑眼眸更懾人心魂的眼睛、絕對不會有比那頭飄散雲霧間的烏絲更柔軟的秀髮、絕對不會有比那白皙酥胸散發的芬芳更讓人頭腦空白的迷香，遑論那只輕露皓齒、豐滿的朱紅唇瓣，以及她清脆如黃鶯出谷的甜膩嗓音。

可惜如此完美的女人卻擁有殘缺乖戾的心靈。殛天芙蓉能拎著稚子親手生剝，茹毛飲血分食也面不改色。

英雄難過美人關，君王喜好美色似是常態，擁有後宮三千佳麗的帝王所在多有。聽說世間出了如此美女，君王不囊括為后妃才是違背常理。

然而當時的皇帝，年輕的邢皇邢霍斌卻沒有這麼做。他不受女色誘惑並非出於他熟悉飛天醜惡的內心，而是國事紛亂，他分身乏術，沒有多餘心力在乎兒女情長。

殛天芙蓉出現的前後，身體硬朗的前任邢皇邢釋天突然駕崩，致使旅居外地多年的皇太子邢霍斌只能倉促繼任皇位。

邢霍斌在成年前就被邢釋天祕密送到皇城外訓練武藝，宮中朝臣對這新皇一知半解，邢霍斌對朝中大臣同樣所知甚少，一切狀況未明朗下，他無奈只得沿用舊有官人。

內憂外患接踵而至，對一個甫上任的新皇而言，絕對是極為悽苦的年代。

※　※

「我說，那邢釋天是怎麼死的？」

猖狂醉漢打斷我的說書，早已養成不勃然生怒的修養，我頷首，以讚美代替斥責。

「好問題！我說，那邢釋天死前七竅流血，太醫檢查遺體時發現他的筋脈盡數斷裂，大爺你聰明，你說說這是怎麼個死法？」

「恐怖，八成是有人意圖謀反，打算先毒殺邢釋天再從長計議。」

有人打著哆索呢喃。

「以我的拙見，謀反確實是主要原因，他們更打算讓年少輕狂、不經世事的邢霍斌在意外下繼任皇位。一連串舉動為的就是讓邢霍斌在喪失民心、臣子信任之際，再行篡位。

如此他們的不義之舉反倒會受人民支持，推翻邢氏政權、繼任皇位更是順理成章。你們看我這論點站不站得住腳？」

「好！推得好極了！」

眾人一片支持的同意聲，我微笑以對。

「所以要知道新任邢皇邢霍斌的處境有多麼為難。邢霍斌上任後，第一道聖令就是停止一切進行的如火如荼的建設工程，他的原因很簡單，他要求全民皆兵，先抵禦可怕的飛天再說。

自小被送至宮外學習武藝的邢霍斌，武術精湛自然不在話下，他也傳承了前任邢皇的謀略與野心，指揮調度對他來說簡直輕而易舉。

邢霍斌的介紹自此先告一個段落，我再來講講在這場飛天與邢國百姓的天地大戰中，同樣占有極大份量的兩介平民，他們一個叫李雀，另外一個則叫楊燦。

這對歡喜冤家好玩極了……」

※　※

廣場上已沒有任何令人發笑的元素存在，早該散戲的戲班子滯留廣場，他們那雙因怒火而炯炯有神的眼瞳，足以震懾人心。

飛天們挾著驚人氣勢席捲邢國，她們以遊戲人間的態度，緩緩從邊境向皇都蠶食鯨吞，不出幾個月，邊境大小城池槁木死灰，生機慘澹，屍骸比活人多上數倍，倖存者幾乎是踏著乾涸的血汙苟延殘喘找尋活下去的方法。

只會一味逃跑改變不了現狀，一團邢國頗具盛名的戲班子為此留下，以他們賴以維生的技藝應戰。

他們堅定的神情使他們脫離耍猴戲這類輕視戲子的形容詞，他們個個擁有極佳的動態視力，讓他們能在遭受飛天妖術侵害前先行閃躲。雖然稱不上什麼有效戰力，卻也對飛天造成一定程度的傷害。

戲班子內有一名身材嬌小的女孩，她烏溜溜的雙眼讓大夥對她的古靈精怪畏懼三分，她的體態輕盈，可以一躍數十呎。女孩在戲班內的工作是投執飛刀，那些往昔用來取悅人、得人笑聲的飛刀，在戰場上，倒是奪取飛天性命的絕妙利器。

女孩的跳躍跨越種族界線，她的身體無比柔軟，她真的人如其名，輕盈如雀。女孩的名字叫李雀，是位如雀鳥矯健嬌小的女性。

「一葉翩然落下，雲雀兒來知否？」

女孩翩翩躍起，於空優雅翻轉，清晰的咬字吟誦與戰場截然不搭的即興唱詞。她的五官小巧精緻，外表看來稚齡，眼神卻有超乎年齡的成熟堅定。

李雀以腳上的尖刀輕盈劃過飛天腹部，飛天腹部豐厚的脂肪、血紅肉塊盡數傾洩，再嬌媚的外表在此都無用武之地，飛天的極端美貌於此地只是烘托死相。

一場為了捍衛人類尊嚴與生命開始的天地聖戰，是敵是友僅由種族判別。李雀憑著瘦小的身材輕盈跳躍空中，以鞋尖利刃和飛天做殊死鬥。

李雀不是傭兵，她甚至沒有任何習武經驗，她只是邊境戲班子的當家紅角。戲團挺身抵禦飛天，並非出於他們受權傾人士委託或者其餘崇高理念，驅使他們的只是很單純的想法——作為人類必須有所抵抗。

身材纖細曼妙的高挑女子手臂一個使勁，將身旁粗壯的矮胖男性高甩至天，飛至天際的男性抱頭縮成圓體，整個人像顆球往飛天們滾撞，閃避不及的飛天被撞得重重摔落地面。

「也看看我們吧！」另一名長髮的窈窕美女穿著五彩繽紛、華麗誇張的緊身衣，纖纖素手自信地舞起彩帶，彩帶精準甩往空中，準確纏上一旁飛天的頸子，女人使勁氣力將之拉下。

戲班內專職拋拾小球的功夫裝男人把手邊能撿到的所有硬石全灑向空中，飛天狼狽閃躲，快狠準的準頭讓石頭刮花她們美好的臉蛋，也著實提升飛天的怒火。

「蛆蟲就應該像蛆蟲，乖乖趴在地上任我們踐踏！」一面紅耳赤的飛天咆哮。

飛天穠纖合度的手腕、稍嫌骨感的蔥白手指，敏捷凌空一揮，宛如霞光的色彩從指尖迸出，無人看的不如癡如醉，唯有機警的李雀腰幹猛一使勁，飛快脫離空中，重回地面。

李雀頭也不回拔足狂奔，她曉得接下來戰況會如何發展，卻沒有多餘氣力警告同伴。霞光的顏色從若有似無提升為濃艷，被霞光籠罩的戲班成員身體瞬刻炸裂，鮮血盡出，四散的破碎肉塊搏得飛天們的滿堂喝采。

李雀依舊跑著，她對這群心狠手辣的漂亮美人了解的可深！她知道當飛天使出獨有的弔詭術法之際，唯一活命的辦法只有拚命逃跑。淚水在李雀的眼眶打轉，團員的笑靨於她的腦海指責式浮現。李雀心知肚明自己的確不夠義氣，是名人人得以誅之的罪人，然而在生死關頭，在那樣恐怖的開場當下，除了自己，她真的誰也顧不了。

「團長、珊珊、明曦、杜白……對不起，真的對不起！可是……沒辦法，我實在沒辦法救你們。」

李雀猶如懺悔的瘋狂喃喃，滾燙淚水被她甩至後頭，現在支撐著她、不讓她倒下的只有龐巨的求生意志。

※　※

「丟下同伴逃跑確實是不義之舉，但這點著實是李雀的非戰之罪。」

我填起煙膏，動作老練深吸一口，迷濛的快感席捲腦門，滿足的神采充斥臉上。

我駝身曲在一角，久未打理的泛白長髮些微遮住雙眼，長年未刮的花白鬍子糾結，我習慣將自己喬裝為乞兒，只因這種模樣與我最為合襯。

「先生何出此言？」

底下一名聽得入迷的大爺率先發問。

我咧嘴：「雖然這點是之後故事的高潮，可是看在先生的份上我就稍加提示！諸君應該還記得方才我提過李雀對於飛天的奇詭戲法略知一二吧？」

「當然。」眾人識趣點頭。

「這是我的第一個提示，至於第二個提示也出現在剛剛的段落。李雀身法輕盈，可以跳躍數呎，是戲班的當家紅角，這一點請爺們多加思索，體察其中伏筆。」

「這樣有說跟沒說有哪裡不一樣？」

「若把底牌早早掀開，各位大爺是要我用什麼繼續吃飯？」我笑道。

我換了個舒服姿勢：「誤導大爺將焦點放在李雀身上，對下一個出場的傢伙似乎有些偏心！請爺們將心思找回來！現在該讓下一個重要角色登場了……」

※　※

恐懼是信仰的催化劑，藏於破屋矮樓內的祭壇充斥人群，眾人拱著身，表情虔誠地跪在神像前。祭壇神像與人群間矗立名男子，他的身材既不高也不矮，綁著馬尾，瞇著雙眼，要說外貌有什麼特色似乎就是沒什麼特色，簡而言之，是個相貌十足平凡的男人。

然而他的氣質卻相當特別，給人沒來由的平靜感，男子的性格十分符合四個字——隨遇而安。

這名男性此時的身分是名道士，專門在神與人之間牽線，或許稱男子為江湖術士更加貼切。

他的名字是楊燦，燦爛的燦，他的出現將帶給這場天地大戰最燦爛的火光。

楊燦大筆揮毫，在泛黃紙張上寫下咒句。被飛天侵擾的百姓將希望寄託於宗教，冀望自己的祈禱能換來神祇垂憐，賜予侵入者最適當的神罰。

「知曉！神已應允，必給入侵者嚴厲制裁。」

楊燦渾厚有力的嗓音讓齊下百姓無不心安。搖曳的燭光籠罩台上大大小小的神像，莊嚴的法相以肅穆的氛圍搭配火光將信眾溫暖包圍。

可惜，百姓的寄託似乎沒來得及傳達天聽，殘破屋頂倏地從外撞裂，讓人心生恐懼卻又無法移開目光的美麗妖獸，飛天，從空而降。

尖銳指爪輕鬆劃過人類軟嫩的臟器，血花隨風飄散，混亂氣味使人心膽皆寒。尚未慘遭毒手的人類驚慌失措拔腿狂奔。

「全進去地窖！沒受傷的人就跑快點！死了的先別管！現在沒有閒功夫處理後事！」

楊燦大手指揮，他的體能在群眾中必然屬於佼佼者，然而他卻沒有一馬當先離開現場，反而是盡可能多救一個算一個。

「通通不用急！我與我的姊妹一個也不會放過。」

姣好臉蛋洋溢殘忍微笑，楊燦等人唯一的求生機會在於飛天的傲慢，只要她們依舊高傲，不願意輕易使用駭人法術，楊燦與信眾就有一線生機。

可惜待在神壇的多半是禁不起驚嚇的老弱婦孺，他們體能孱弱，腿軟顫抖，飛天闖進神壇的瞬間已然決定他們的命運——沒有人能順利逃到地窖。

不出幾刻鐘，在場尚能反抗的人類只剩下楊燦。

「阿彌陀佛！你們也死太快了吧？那麼想去見神嗎？」

楊燦看著遍地零碎的遺體哀嚎，雙手卻沒閒著，一把將矮凳往來犯的飛天身上招呼。

「男人你何不乖乖躺下？」

楊燦積極的攻擊使飛天美麗的臉一陣青一陣白，她們嗜殺，卻從不希望她們的獵物給予反抗。

「我是很想躺下來啦！不過我是想好好睡一覺，不是那種一覺不醒的躺下！」

楊燦箭步衝回神壇，毀損的神像仍舊掛著肅穆神采，燈火搖曳，火光與血漬將神壇染得通紅。

飛天困惑楊燦的動作，他不往外跑，反而跑向神壇中心，明顯不合常理的動作讓飛天備感疑惑！但疑惑沒有攻擊的慾望來得快，見機不可失，飛天立即舉起雙手打算一次了結。

「該信下神了……臭娘們！」

站在神像前，背對飛天的楊燦赫然回身，他的雙手握著根根竹製長管，上頭的蕊心散發光亮。

飛天們無法了解楊燦的自信從何而來，楊燦大手一甩將長管悉數拋往飛天，震天巨響席捲神壇，火光接踵而至，熱氣捲著風暴衝向飛天，所有畫面消失於眼前。

※　※

「這個畫面爺們應該十分熟悉，楊燦使用的東西正是火藥！精確來說應該是硫磺，還不到火藥細緻，姑且算火藥的試作品。楊燦這名江湖術士相當博學多聞與……具備創造力，雖然他的身分是神壇之主與江湖術士，就我看來他更適合當一名學士。他的發明千奇百怪，每一項都是跨時代的創造！憑藉他的怪腦袋，想必能造福更多人，只可惜……

喔！我剛說到哪？對咧！火光充斥飛天的眼瞳，接著……」

※　※

劇烈刺眼的火光噴發，楊燦趕忙將祭壇的殘片踢正，一股腦兒鑽進。飛天妖異的慘叫隨著爆炸聲迴盪，灼熱的光芒將整座空間單純化。

原本堪稱廢墟的小廟此時完全坍方，斷垣殘壁層層堆疊，屍塊破瓦混在一起，看來煞是恐怖。

「哎唷喂呀……我的老天我的神呀！疼煞我也！」

一隻傷痕累累的手從殘破的磚瓦探出，他吃力推開壓在身上的厚重石塊。手的主人是楊燦，雖然受了些皮肉傷卻還是一尾活龍的楊燦。

掙脫束縛的楊燦拍拍身上的砂石，神色複雜回眸一望，他不敢計算廢墟下有多少屍體。

「如果我還有時間，我會幫你們辦場盛大的法會。可惜我現在連傷感的時間都沒有。」楊燦抬頭眺望天穹，天上黑影逐漸逼近，楊燦知道無須等待她們靠近也能知曉黑影的真面目——挾帶屍臭與肅殺之氣的駭人生命。

楊燦緊按受創的臂膀，頭也不回離開他賴以維生的神壇。再怎麼樣貴重的事物都沒有生命來得珍貴，楊燦明白他僅剩的資產只有生命，為了爭一口氣，楊燦曉得該懂得取捨，好比放棄他自小到大的回憶、放棄熟悉的一切。

楊燦掉頭往森林跑去。神壇位於都城近郊，他盤算若是省去睡眠時間，跑上幾天幾夜應該能抵達都城，都城有東方將軍與禁衛軍鎮守，絕對比其他地方更為安全，想活命，逃往都城無疑是最佳選擇。

楊燦回過頭向已成廢墟的神壇做無聲的告別，神佛的莊嚴法相仍常駐心頭，他以脣形為死去的朋友祝禱。

※　※

我稍微將身體打直，我邋遢、疲憊，盼望故事有朝能進入終局，有人能替我將佚失的篇章補上。

「邢國的皇宮坐落都城，此時邢皇居住的吉祥宮正洋溢不祥氣息，邢釋天甫下葬，邢霍斌剛就任新皇，邢國便面臨有史以來最難纏的禍害。

有人說，一切災厄源於邢霍斌命中帶有煞星，他剋死其父，同時為邢國帶來不可逆轉的亡國災禍。」

結束楊燦與李雀的段落，我將故事焦點轉回邢霍斌身上，儘管對我而言他一直不是主角，不配也不該是主角。

「欽天監煞有其事描述邢霍斌誕生之時，詭異色彩的雲朵自天的四面八方升起、星子逐一墜毀，地動令吉祥宮的琉璃瓦搖搖欲墜……種種凶兆再再象徵邢霍斌是顆『災星』轉世。

或許他們的猜測其來有自！邢釋天一生只娶了一名女子，女子名喚安宓，是一名被邢釋天感慨『可惜生非男子』的女中豪傑。邢釋天會說安宓是女中豪傑，不是說她一生傲骨、雄才大略，安宓是一個非常有野心、也敢於去做的奇女子。她不甘心生下嫡子成為皇太后的康莊道路，她全心妄想推翻邢釋天政權，成為一代女皇。

邢國百姓不禁猜測或許飛天之亂就是因為這位謀反不成、以白綾自盡的奇女子，陰魂不散所致。而體內流淌一半安宓血液的邢霍斌，又怎麼可能不帶來災厄？」

我以眼神來回梭巡，大夥表情木訥，這個朝代似乎對怪力亂神嗤之以鼻！好現象，我備感欣慰。

「看來大夥也不相信冤魂會禍害後世的蠢話！

總之，大街小巷、識字與不識字的，各自編造精采絕倫的故事；從邢霍斌是邢釋天與飛天通姦的後代、被邢國放逐的術士詛咒的禍害之子、一路到實為千年黑龍幻化的不祥之人，各種不實臆測所在多有，故事能吸睛解悶就好，是真是假壓根沒人在乎。」

我露出桀傲不遜的笑容改變話題。

「真真假假、是是非非，心裡在意又能改變什麼？離題太久，讓我們再回到故事。

遭遇邢皇駕崩、飛天襲擊，諸多苦難一齊而來的邢國，士氣低迷，民不聊生，談論邢霍斌的怪異傳聞便是百姓最大且僅存的娛樂。」

依據不可考究之由，邢釋天在邢霍斌志學後，就將青澀的他送至皇城外交與友人撫養，朝臣僅依稀記得邢霍斌的樣貌，對他的性格、想法所知不多。

從邢釋天異樣的死法來看，也不難猜想這位年邁邢皇排除眾議執意將唯一嫡子送出皇城撫養的原因——吉祥宮內有他無法掌控的危險勢力，若將唯一繼承人留在皇城中，恐怕連怎麼死的都不曉得。

因邢釋天之死被強召歸回的邢霍斌，在不情不願又沒有其他選擇的情況下繼任皇位。他沒有時間為父皇的駕崩哀悼，攻勢汲汲的飛天佔據他所有心思。

※　※

邢霍斌穿著一襲象徵至尊帝王的尊貴戎裝，神情漠然站在新砌好的陵寢前。墓穴已然填起，純白大理石碑雕刻著逝去的帝王尊名，眾臣環繞，他們垂首，或低泣，或流淚，年輕的邢皇孤立無援，他分不出朝臣的眼淚中有多少出於逢場作戲。

邢霍斌環顧四周，而後單膝跪下，他動作熟練地抽出長劍，劍於出鞘時旋轉一圈。邢霍斌按捺心中洶湧的波濤，緩緩將劍舉齊至眉心。

「孤以邢釋天之子邢霍斌之名起誓，孤發誓奮死保衛人類的最後樂土。孤會帶領人類與飛天抗戰，即使邢國只剩下一兵一卒，孤也會奮戰到最後，至死方休。」

邢霍斌目光炯炯，朝臣鴉雀無聲，他起身，聲音帶有恢弘無匹的強大氣勢。

「眾卿莫怕。非到最後關頭，孤不會希望邢國與飛天玉石俱焚。飛天的優勢在於她們能使用奇詭術法以及不受制於地的先天條件。這些聽來固然可怕，但是命運沒有完全放棄邢國！今年是荒濁年，懸浮穢物的天空不利飛天飛行，吾等可利用荒濁年牽制飛天。

向百姓傳達孤的詔令，孤下令——戰爭開始，全民皆兵。」

空曠王陵迴盪邢霍斌無比的炙熱的嗓音，眾臣為年輕君王堅毅的表情與決心動容。

彼時百姓受飛天宰割的淩厲嚎啕自遠方傳來，邢霍斌蹙緊雙眉，握緊的拳頭泌出鮮血。邢霍斌知道每當他試圖喘息，就會有更多邢國百姓死於異種之手。邢霍斌於心中一再起誓，寧死也不能讓邢釋天託付的邢國毀於自己手中。

翩翩翱翔蒼穹、擁有詭詐無道戲法的飛天，自侵略邢國以來，取得一場又一場勝利。吉祥宮西邊的壁壘已全被攻陷，屍橫遍野，盤旋於天的禿鷹獲得餐餐飽食。

「召集裘家軍！告訴他們只要為孤效力，殲滅飛天，裘家軍過去罪狀既往不咎！除了免罰外更有重賞！一旦飛天之亂結束，孤允諾將東方碉堡賞賜他們！」

邢霍斌右手一揮向眾臣下令。他眉心深鎖，凝視冷酷異常。戰事告急，邢霍斌的臉上早就喪失年輕君王應有的英氣煥發，他的神智因為過度操勞恍惚，流淌體內的帝王血脈支持他不至露出疲態。

裘家軍，一班以裘氏為首的民間兵團，他們驍勇善戰，崇尚自由，個性放蕩不羈，也因為如此本性使然，逍遙的他們常淪落於人民憎惡的雞鳴狗盜之流。

裘家軍行如影，來去無蹤，他們從不在同一個村莊滯留超過一旬。裘家軍精通各類武器，武藝非凡，行走千里路使他們見聞廣，也因為裘家軍好戰，旅經外地絕對囊括各族兵書，細細詳讀。

裘家軍居無定所，沒有所謂家國概念，宛如無根浮萍的他們，不可能也不在乎國家興亡盛衰。對裘家軍而言，邢國滅亡了只要等到下一任王權來臨，一切都會恢復原狀。

「邢皇殿下，這麼做恰當嗎？」臉上刻滿皺紋的年邁大臣彎腰上前，惶恐進言。

「會比現在更糟嗎？」邢霍斌牽起若有似無的苦笑，「聽孤的，你們根本不了解裘家軍……」

新任而陌生的邢皇脫口而出的感嘆，於朝臣耳裡聽來彷彿嘲諷他們的無知。諫言嘎然停止，輕輕的冷笑如霧飄散卻又找不到根源。

「還愣在這兒做什麼？派出最快的探子，孤要你們在五天內將詔令送到裘家軍手上。」

邢霍斌的語氣冷的像冰，高亢的情緒卻如竄燒的烈焰。邢霍斌的視線已不在朝臣身上，若不是情勢所逼，他的心、他的眼，其實流連在天地。

第二回：疾風之子

「讓我將故事從吉祥宮轉到邊境。飛天的攻擊一波波接踵而至，她們的人數雖少，卻足以使人類心生恐懼。」

我啜了口茶，坐在偏桌的少女眼睛閃爍期待的光芒。

「飛天所到之處從不留下活口。邢國兵敗如山倒，直到這一戰……歷史留名的萬伏之戰，這場戰爭死傷慘重，卻燃起人類心中最後一絲希望的火苗。」

※　※

步伐滿溢恐懼，在察覺危險前雙腳早已動作。映入眼簾的天地景色乍看一如往常；開闊的大地、蔚藍晴空，被風吹得嘎吱作響的枝條……穿梭其中的婆娑身姿若隱若現，邢國百姓知道彼此熟悉的日常將被對方盡數摧毀。

透過踩踏，泥土柔軟濕潤的觸感如實傳達，暗褐色土壤令人們沒法分辨濕軟的原因出於新鮮還是滿佈血汙？他們竭盡所能倉皇逃逸，只求在侵略者眼皮底下逃出生天。

北方的邊境古城萬伏是全邢國距離飛天據地為王的盤古大陸最近的都城。

萬伏乃萬眾臣伏，是邢國開國以來最重要的邊境碉堡之一。以軍事力量征服四方的邢國武力不容小覷，開國以來位居宰相之上、邢皇之下的便是擁兵萬千的四方將軍。南方將軍為李酉、西方將軍為公孫赤、北方將軍為白玆，東方將軍的身分較為特殊，由於邢釋天在位期間兼任郡公的司徒青雛香火已斷，沒有男丁得以繼承大位，邢釋天便藉此良機讓東方將軍之位流於民間，用以攏絡百姓，東方將軍之位自此成為皇室與民間友好的象徵。邢霍斌在位時期的東方將軍為女性，名易艷凰，同時擔任吉祥宮的禁衛兵長。

鎮守萬伏城的是北方將軍白玆，現任四方將軍中戰功最為顯赫之人。儘管萬伏城有威震群雄的白玆看守，仍不敵大舉入侵的美艷飛天。

「還有手的拿起武器！你們沒有人想要這麼悲慘的死去吧！既然要死，也要拉飛天陪葬，如此我們才能無愧先祖，光榮到地下與他們團聚！」

白玆中氣十足的怒吼未喚醒百姓僅存的尊嚴，大夥倉皇逃逸，為數不多的北方軍誓死如歸地抵抗飛天，對士兵來說，這場戰役並非為保全生命，而是為了保護其他更勝於生命的東西。

——榮耀，他們憑藉最後意志為榮耀奮戰。

「嘗過鮮血滋味、並以恐懼灌溉，滋生喜樂之人，我白玆必當誅之！」

從天而降的血液滴滴答答摔在白玆的盔甲上，擦得雪亮的鎧甲沾滿百姓之血、同袍之血、飛天之血以及白玆自己的血，顯得格外怵目驚心。擁有致勝仙法的飛天並不衷情用之，她們更喜歡透過自己纖細的臂膀實實在在撕裂敵人血肉，藉由高空俯衝睥睨異種，白垓與眾北方軍是用自己的性命與飛天的傲慢做殊死鬥。

「男人，口說無憑，怎不趕快付諸實行？」

梳著高髻的飛天道，她單手捧著鮮血淋漓的人頭媚笑親吻，魅惑眾生的微笑搭配頭顱只剩殘酷。

白垓趁著高髻飛天調侃的同時手拉韁繩，良駒前腳一躍，開始疾駛。

「光靠一匹畜生馳駛，你以為自己逃得掉嗎？」飛天此起彼落的嘲諷迴盪。

飛天單憑肉體戰鬥時，不具備遠程攻擊能力，然而所謂「得天獨厚」，一旦目標出現在她們的視線範圍，飛天仍能以凌空優勢貫殺。

白垓的氣息紊亂，對陣的飛天同樣氣喘吁吁，她們急促的呼吸拜激情影響，她們雙眼腥紅，因殺戮的喜悅顫抖。

性命相搏的單方面廝殺讓白垓頭皮發麻。他側身撈起一旁倒臥兵士的長槍，以超常的準頭與令人稱羨的臂力朝空中敵人孤注一擲。長槍準確射往敵人，可惜飛天不過些微扭動曼妙腰支便逃過死劫。

「老天爺！我們邢國是犯下什麼滔天大罪要讓您這樣折騰我們！我白垓一生光明磊落，終其所有只為捍衛家國！為什麼您要讓我淪落固守城池被毀、百姓被屠戮的下場？」

白垓哀莫大於心死朝天大喊。嘻笑的飛天婀娜多姿卻迅速滑到白垓身旁，白皙的軌跡劃過天穹，留下心醉的痕跡。飛天以女性柔嫩的手輕鬆扭斷白玄的肩膀。白玄不甘示弱，他違背正常反應使用剩餘的右手探往敵人，使勁氣力將飛天從半空扭下，隨後補上致命的一刀。

被奪去正常功能的左手血淋淋垂在身側，受驚嚇的馬匹落荒而逃，失去速度優勢的白玄無語望向潰淫敵意的藍天。

絕望擊倒白玄一生的堅持，他思考究竟該在頸子抹上一刀從容赴死，還是繼續死命抵抗才是最佳策略？

※　※

「故事至此，戰況至此，容我稍微喘息一會。趁這空檔，我向各位爺們稍微解釋四方將軍的來歷，特別是東方將軍易艷凰。

邢國本身幅員不大，是個靠併吞四周邦國茁壯的軍事國家。邢國尚武，歷代皇帝必然有一身了得功夫，皇帝如此，固守邊疆的四方將軍自然也不是省油的燈。

白玄是自前前任邢皇在位就已恪守萬伏城的德高望重之人。儘管白玄年事已高，他的武功、智謀，依然讓多數青年望其項背。

四方將軍一職乃世襲制，李酉和公孫赤都是繼承其父衣缽，然而東方將軍易艷凰不一樣，易家並非東方將軍之流，昔日的東方將軍一職應是淪於司徒家，可惜司徒家男丁死於瘟疫，當主更是亡於肅神郡公的叛變。彼時朝內人心惶惶，容不得固守皇室的東方將軍一職有所空缺。

邢釋天見邢國剛歷內亂，百姓與皇室關係緊張，便登高一呼讓當時民間頗具人望的武狀元易昭繼任東方將軍。表面看來是讓權力流入民間，實際上是拉攏民心、鞏固皇室地位。

易昭安享天年後，便由唯一的子嗣，易艷凰繼任東方將軍。身為女性的易豔凰眼光超凡獨到，身手更不是一般人能並駕齊驅的！著實是位巾幗不讓鬚眉的女英雄。」

「比起那些我們更想聽生死未卜的白垓將軍究竟如何了！各位說是不是？」

其中一名仕紳拍桌大喊，附和聲不絕於耳。

我愣了半晌，才回過神對他們深深一鞠躬。

「抱歉，因為這個故事實在太過複雜……所以奈不住性子想多做解釋，又或者說……是的！龐大的背景解釋或兵敗如山倒的劇情都不吸引人！接下來我要讓此次大戰最閃耀的人加入故事，他是『疾風之子』，所到之處皆因他捲起風暴……」

現在面臨我最不想回憶的章節。

※ ※

尚未到日暮，鮮艷的蒼藍已被黑影遮蔽，飛天的娉婷身姿帶來的恐懼比烏雲更加濃密，自天際投射的倒影在人類心中凝鍊絕望，彷彿延續死亡未竟的夢魘，落日的稀疏金輝虛弱穿透雲朵，天地黯淡，只剩血腥惡臭提醒嗅覺運作。

萬伏城，生靈塗炭。

存在百年的堅固城牆毫無抵禦作用，飛天不需要任何長梯或繩索等傳統攻城器具即可侵略城池。她們凌空而來，守軍自城牆投射的萬千箭矢追趕不上飛天靈活的動作，更阻止不了飛天漫無目的的虐殺。

百人有餘的飛天部隊徹底血洗萬伏城。人類該怎麼做才能彌補這次的傷害，該以何種情緒才能澆熄這場異種獵殺的仇恨？邢霍斌並非沒有嘗試過談判，年輕邢皇夥同兵將朝臣秉燭商談，他們愕然發現邢國根本沒有談判的籌碼！飛天的侵略不是為了想要什麼，而是想取代什麼——她們想讓人類消失殆盡。

斷臂的白玹跨過飛天屍首向散亂的北方軍做最後呼告：「邢國的勇士啊！你們放棄希望了嗎？希望還沒有放棄我們呀！凡事必有弱點，千萬別被眼前的敵人迷惑！飛天不是絕對的強大，真正強大的是有著永不放棄決心的我們！強悍的北方軍，隨我保衛家國、守護人類！」

老邁的白玹著實是條好漢，他一把扯下飛天女屍身上的綾羅羽衣，靈巧替斷臂止血，他粗魯地牢牢綑死切口。面對劇烈痛楚以及僅剩一條手臂的慘狀，白玹重拾勇氣，他決心戰鬥到嚥氣那刻。

白玹的戰甲沾濡血汙，神情肅穆威武：「我們不會屈服敵人，因為我們知道自己是為誰而戰！若我們今日沒擋下飛天的來襲，明日她們侵犯的就是我們的家眷！

你們願意看妻小受飛天凌辱嗎？你們是這樣沒擔當的男人嗎？

讓我們為家人、邢國戰到最後一兵一卒吧！」

「衝啊——」殘餘士兵燃起身為戰士的最後勇氣，莫名的驕傲以及人類的尊嚴鼓舞北方軍的心靈，他們抓起武器，朝由天而降的飛天衝去。白玹身先士卒與士兵一同衝往戰場。

白玹和其軍隊的拼死一搏使飛天情緒震盪，她們最愛欣賞獵物在垂死邊緣無力掙扎的模樣，她們會為了在最好的角度欣賞獵物死態，選擇緩慢凌虐對方。

飛天俯衝而下，打算透過速度優勢與北方軍正面交鋒。白玹狼狽地使用牙齒與右手搭起弓，成功射下帶頭的飛天，飛天失墜的身軀令原本低迷不振的士氣稍有轉機，卻也使得其餘飛天情緒更為高亢。飛天直挺挺衝進白玹殘存、不成氣候的軍隊。對天空無可奈何的人類僅能趁飛天來襲時反擊，士兵們揮舞利劍鈍器，盼望這一劍能在飛天的胸口、咽喉劃上一記致死傷害。

白玹不斷告訴自己，在飛天耐心盡失、開始使用與生俱來的獨特仙法前，人類依然有獲勝的些微可能。他不該放棄，他絕對不能放棄！

飛天在第一波攻擊結束隨即返回上空，她們在半空集結隊形再度向北方軍襲來。這回士兵已有準備，他們使用盾牌先行擋住攻擊，再予以致命一劍。

北方軍沾沾自喜他們終於有所應變方法，卻沒注意到飛天真正的目的不是奪取北方軍性命——攻擊北方軍只是障眼法，飛天真正的目標是領導北方眾將的白垓性命。

白垓根本沒察覺自己才是攻擊的主要目標，他用長矛刺死眼前最後一名飛天，驀然回首發現另一群飛天已然來到身後。白垓單手舉起破損的盾牌應敵，卻驚覺自己已沒有另一手握持慣用的長矛。

瘦長的女性身影呼嘯而來，白垓瞬間陷入極大絕望。絕望的色彩是玄黑，眼前景物紛紛轉換成黑白色調，唯一鮮豔的只有額角不斷滴落的豔紅血珠。

這是白垓第一次在此役閉上雙眼。少了一隻手的他已經沒有任何方法制伏敵人，白垓唯一能做的就是光榮、不逃避的迎接死亡。

「還愣什麼！快逃呀！」

回歸真實後的第一個聲音。白垓抬起頭，他又沒死，那名打算賞他痛快的飛天竟然腹部中了長矛倒臥在地。白垓顫抖的回過頭查看出聲者究竟是誰？強而有力的聲音令他無比陌生，他不認為自己麾下死傷慘重的士兵仍能發出強而有力的呼告。

白垓赫然發現身旁出現一名素未謀面的騎馬青年，青年烏黑的長髮簡單紮成馬尾，笑容率性豪邁，一身風霜洗滌的墨綠色斗篷不出聲告訴觀者他已行走多年。青年的腰尖掛了只寶劍，摩拳擦掌的他調皮掃視地上的屍首與天際蓄勢待發的飛天。即使白垓著實懷疑青年纖瘦的手臂是否有辦法迅猛擲出長矛解救自己的小命，現況卻也告訴他別無其他可能。

「你們在這裡會妨礙我們！快點走！弟兄們！該我們了——」

青年揮手，後方奔上一個又一個騎兵。他們全副武裝，手持利刃，粗獷的臉上盡是自信非凡的微笑。

受邢皇詔令，以及東方碉堡誘惑的救星終於前來。他們是裘家軍，一個擁有傳奇色彩的私人兵團。

飛天毫不在意這波新助力，面對人類，她們向來是鄙夷又掉以輕心，飛天與生俱來的優勢自然讓她們能目空一切。為首的一名飛天，風姿綽約抽出自己披在身上的輕薄羽衣，玉臂暴露，雪白的胸脯若隱若現。

她不是想藉自己的絕色透過媚術惑亂敵人，人類從不在她願意調情的物種中。飛天猛力將羽衣往青年射去，環繞她的暴風尾隨呼嘯，半透明的綢緞像只疾箭朝青年飛去。黑髮青年站得挺直，不逃也不躲，輕鬆自若給予敵人微笑。

「小心呀——」白垓喊道，他不願意恩人命喪於此。

威脅十足的羽衣與青年的距離不超過十尺，勁風撲面而來。威脅如此近，青年卻什麼也不做，只是微微在馬上側了身。他以極為巧妙的距離伸出雙手，用力攫住飛天的羽衣。青年以手臂纏住羽衣，使用巧勁，直接將飛天從半空拉往地面。

高高在上的狩獵者頓時重摔在地，狼狽的她試圖爬起身，卻每每未果。

「影風！」

青年大喊，他騎乘的黑馬通曉人心，順即抬起前蹄往飛天腦門踩下，馬蹄踏得地面一片腥紅。

「兄弟們！那群空有漂亮外表的臭婆娘根本沒什麼好怕！把她們殺個片甲不留向皇室交差，東方碉堡我們勢在必得啦！」

滿臉鬍渣的男人對準天空架起十字弩，羽箭飛出貫穿天際的數秒後，血紅的豔麗身軀脫離蒼穹。

「鍾楚！要不要再來比賽？輸的要請迎香樓的珍釀呀！喔！我都忘記你已經欠迎香樓好幾百兩！」黑髮青年對著另一頭綁著馬尾的魁梧男人喊道。嘴上在調侃對方，青年的注意力仍不忘妥善觀察敵人動向。他於此時初次抽出自己的武器，青年慣用的武器是把長劍，光芒銳利傷眼，劍柄中心鑲有碧璽，綠光於四周環旋。

「之前只是老子讓你！要比就來呀！」魁梧男人惱羞怒喊。

對裘家軍而言，出生入死、視死如歸的殺戮只是瑣碎的遊戲與打發無聊的最佳賭注。裘家軍的成員對自己的能力極為了解與自信，危機對他們只是轉機，只要他們想，沒有什麼是他們辦不到的。

「這群蠢婆娘為什麼不乖乖待在天上？她們是白癡嗎？要是我，我就會躲在上頭隨意丟幾個法術下來，才不會愚蠢殺進殺出。」

其中一名裘家軍成員嘀咕，劍梢俐落割斷左側飛天的頸動脈。

「如果是你？我老早就知道你是個沒卵蛋的孬種！隔岸觀火鬥有什麼樂子可言？」

「請把這個高尚舉動稱為拔得致勝先機好嗎？」

男子不悅回嗆，兩人即便在鬥嘴，仍是兇猛的戰士。

黑髮青年動作俐落割斷敵人咽喉，一心多用的他不由得分神思考兩名同伴的談話。他們的論點確實沒錯；人類一直將飛天擁有的奇怪仙法視為最棘手的挑戰，然而飛天卻從不以這項優勢作勝負分水嶺，於情於理都不合邏輯。飛天過分輕敵的舉動是出於傲慢嗎？青年發自內心認為事情沒有這麼簡單。

半毀城牆像腐朽的石魔，參差不齊錯落，漫天飛舞的火光，濃煙配合人肉的焦臭，枯臭草地上的凌亂屍塊伴隨等待援助的倖存者。天穹被風恐怖低沉的怒吼侵占，拉長的血痕瀰漫受詛咒的青色煙霧，裘家軍百步穿楊的技術使得萬伏城的屍塊除了人類更多了飛天，經歷死亡，絕色的飛天與平凡人無一不同。

天頂上一名飛天怒目而視望著地上戰場，她有著比其餘同伴更加高傲的眼神，她的秀髮是柔和的暗茶色，瀏海往後整齊梳理，髮髻上頭再以淡紅色石蒜花固定，鬢角的髮絲柔順飛揚。她緊閉的泛白豐唇幾乎要咬出血，琉璃珠耳環隱隱生輝。她舉起雙指，不自然的光芒從中竄出。

華而冷艷、別有石蒜花的飛天，烏黑的鳳眼除了冷酷的怒意外，再無其他。她指尖的光點凝聚成無法忽視的強烈色彩，她目光一別，視線轉向戰場上最耀眼的戰士——那名救了白垓的黑髮青年。

「危險！」

注意到飛天指尖光芒的白垓驚叫，失去手臂的他奮不顧身朝青年撲來。白垓是名武夫，滴水之恩必湧泉以報。青年救了他一命，縱使身受重傷也要拚死相搏報償對方。

黑髮青年目光犀利，一腳踹開朝自己奔來的白垓，他順手抄起地上死去士兵的盾牌，青年雖然是背對飛天，卻準確以盾牌擋下襲擊而至的火光。

「大家躲遠一點！除非你們有理由說服我那傢伙的目標不是我！」

青年把即將燒穿的盾牌恣意一丟，右腳大力踩向掉落一旁的利劍，他乾淨俐落接收彈起的劍。光來劍擋，武器壞了一只就換上另一只。死去的北方軍眾多，散落地上的武器更多！飛天與青年持續拉鋸戰，他們眼中只有彼此，雙方激戰，戰得好似世間只剩下他們兩人。

金鐵交鳴的噪音讓人耳膜發痛，光擊不巧劃過青年的胳臂，劇痛令他皺眉，卻依舊沒阻礙他的反擊，他持續用傲人又敏捷的動作與飛天的光擊競速。青年的移動速度不比飛天的仙法慢，他傑出的運動能力與優秀的動態視力讓倖存的北方軍瞠目結舌。飛天與青年相互較勁好半晌，青年終於超越飛天的光擊，他趁空檔翻上馬，兩手一撐以馬背為支點，整個人飛衝上天，將猝不及防的飛天拽下。

石蒜花瓣飄飄蕩蕩，飛天的髮髻鬆脫，雲絲披肩，猶如盛開彼岸的花，綻放滿地豔紅。

激戰過去，青年不忘大逞口舌之快：「兵貴在神速！妳以為我膩了還會跟妳繼續玩耍嗎？這太降低我的格調咧。」

飛天甫墜地，青年即刻單手掐住她的咽喉，抹煞她反擊的可能。他收起桀傲不遜的微笑，飛天沒料到能從這名玩世不恭的青年身上看見如此冷酷、執著的表情。

「告訴我……」

青年將嘴靠往她的耳朵，切中核心的精準發問使高傲的她不自覺顫抖。問話時，青年的手沒有放鬆力道，飛天優雅上揚的眼型因為吸不進空氣伏垂，恍惚間，她下意識點點頭，無聲應了青年的問題。

「很好。」

得到想要答案的青年微微一笑，表情恢復原來放蕩不羈的神采，右手緊握對方咽喉賞了飛天痛快的最後一擊。青年的笑容有些哀傷，他倏地回身，隨動作抄起的利刃射往另外一頭，劍刃穿過鍾楚背後襲來的飛天眉心。

「不會是因為要輸我了，所以決定以死謝罪？」青年嘲笑。

「閉嘴！老子不巧沒看到罷了！」

鍾楚手中尖利的圓刀逆向一揮，飛天的雙臂盡斷。裘家軍的攻擊方式千變萬化，毫無前例可循。鍾楚撇開圓刃，卯起拳頭朝飛天的天靈蓋痛揍。黑髮青年則妥善利用自己靈巧的身段，以左腿勾住飛天的頸子，借力使力讓她們筋脈盡斷摔到地面，其他裘家軍成員沒讓他們專美於前，箭矢編織成網，與炙熱的紅色絲線相互穿插，天地被朱紅分裂。

尖叫與嘶吼震聾天聽，初嚐失敗滋味的飛天領起為數不多的殘存同伴低低飛回棲息的崑崙大陸。

人類於這一刻初嘗天地大戰的勝利，可惜曾經輝煌的萬伏城歷經血戰後生機已失，破敗的難以直視。

※　※

「邢皇殿下！邢皇殿下！」

吉祥宮內，衣衫破爛的信使狼狽跑著，連夜趕路的疲憊使他雙腿顫抖，身上大小傷口沿路滴下溫熱鮮血，然而信使的表情甚是喜悅，他拚命跑著，只求早一步將信息帶回給主子，這份執念讓他無暇顧慮身上的傷口是否會因疾走潰爛發炎。

邢霍斌見狀，舉手制止身旁大臣繼續高論，會議即刻停止，他看往信使，王者的威嚴讓本來欲發怒的朝臣噤口。

「高黔，發生什麼事？不用急，緩口氣慢慢說。」邢霍斌平和地向信使道。

「飛天入侵萬伏城，白垓將軍與北方軍奮死抵抗，北方軍死傷過半，將軍更失去一條手臂。可是、可是……我們贏了！我們將那群臭婆娘打得滿地找牙！」

信使樂不可支到忘卻禮數，他邊揮拳邊報告，勝利的喜悅讓朝臣們喜極而泣。

「大致上你說的沒錯，但我比你想像的更注重細節。你得改口一下，不是『你們』打得她們滿地找牙，而是『我們』把她們打得滿地找牙。」

不曾回盪在皇宮的陌生聲音讓眾人呆愣，邢霍斌訝異凝視自遠方走來漸大的身影，那是渾身染滿飛天鮮血的黑髮青年。他表情輕鬆，毫不拘泥禮數的高歌走至皇宮中央。

「旬初見詔令，即刻赴戎機，風沙自頹逝，伴我走千里。
旦辭暮至兮，千里不停歇，萬伏淵重至，良駒正正飢。
飛天茹血惡，離天罪辜兮，揮劍砍仇敵，歷劫當藥醫。
窈窕淑姿去，嗟中憶君輝，歸來見天子，從此替汝征。」

信使見著引吭高歌的青年興奮道：「就是他！就是他領兵來幫助我們！我說……」

「昊天！沒想到竟然是你領袞家軍來助陣！」邢霍斌認出青年，他急忙起身，張開雙臂走向黑髮青年，不合乎身分的熟稔擁抱讓朝臣備感訝異。

「好久不見了，霍斌。沒想到幾年不見，再次看到你時，你已經被人稱作大王啦？」

「放肆！不可對邢皇殿下無禮！」大臣隨後跟上，邢霍斌無所謂的笑笑，轉而用右手勾住裘昊天的脖子。

「沒關係，璇璣郡公，孤跟昊天的關係就像親兄弟一樣！那點禮數，孤准昊天全免了。」

得到邢霍斌免去禮數優待的裘昊天背著對方，朝眾大臣做出挑釁的鬼臉。

「霍斌，我是聽到你的獎勵才領著我那群弟兄來助陣唷！聽說只要裘家軍幫忙趕跑飛天，東方碉堡就要送給我們？一座碉堡耶！天曉得我們可以在裡頭找到什麼好玩——。」

裘昊天仍舊勾著一代年輕君王的頸子。

「沒錯，你領……狟大叔呢？」

邢霍斌疑惑望向裘昊天，裘昊天聳聳肩。

「你說我那酒鬼老爹？一個月還是兩個月前，他喝多睡著就再也沒醒來啦！我本來算準他今年也六十大壽，差不多該死了，我為了省麻煩老早捆好行囊打算抓準機會落跑，沒想到千算萬算還是算晚了！老爹突然猝死，害得我跑也跑不得只能接任首領身分。

要知道擔任首領不是件輕鬆事，光是打發那幾個可能成為我裘家夫人的勢利鬼，我就一個頭兩個大。」

「首領……裘家……裘昊天……你是裘家軍首領裘狟之子？」朝臣政場打滾多年，從裘昊天破碎的話總算聽出端倪。

「沒錯！不過你搞錯一點，你口中的裘狟不湊巧一命嗚呼，我陰錯陽差又不幸的成為裘家軍現任領袖。」

其中一名大臣氣急敗壞一跪：「邢皇陛下，裘昊天可是惡名昭彰的裘狟的兒子！我覺得在政權不穩之際，不跟裘家軍有所瓜葛才是明智之舉……」

裘昊天，坊間畫師最愛描繪的人物之一，是邢國開國以來，民間最愛談論的人物之二。除了議論邢霍斌那些怪力亂神的不實傳說外，百姓最喜歡談論的自然是裘昊天之父、幫助前任邢皇邢釋天擺平肅神郡公內亂的裘家軍首領裘狟。裘狟洗劫的村莊高達數百，雖然不曾有人無故傷亡，居民仍不堪其擾。礙於裘狟是驍勇善戰的裘家軍領袖以及征討肅神郡公的最大功臣，邢國皇室於情於理不敢公開大肆追捕，只能睜一隻眼閉一隻眼，忍氣吞聲，沒人告官就當沒發生。

有其父必有其子，裘狟之子裘昊天，也因為常常捉弄四方軍隊而臭名遠播，父子倆都是地方官員日夜祈禱別遇見的頭痛對象。

「喔！夠了，閉嘴。裘狟大叔的事情孤早就知道了！孤在離開吉祥宮的那幾年都是在裘家軍那邊鍛鍊武藝，孤親自與裘家軍朝夕相處，跟昊天更像沒有血源的異父兄弟。你們認為於你們的話，孤會信多少？」

裘昊天率性露出符合年齡的純真微笑：「沒錯，而且是所謂的『不打不相識』！我跟你的決鬥似乎還沒分出個勝負。」

「應該是孤贏了吧？不過現在不是談私事的時候。昊天，裘家軍能來幫忙，孤真的很高興。」

邢霍斌掙脫裘昊天的勾肩搭背，轉而正經握住對方的手，掌心炙熱的溫度、漸次加重的力道如實傳達他的感謝。

裘昊天笑道：「早知道現任邢皇換成你，我早就領那群弟兄來幫忙。」

邢皇聳肩。「你會嗎？」

「你懷疑嗎？」

高深莫測的邢皇與惡名昭昭的裘家軍首領裘昊天親暱的互動讓眾臣有些不知所措，他們從未在邢皇嚴肅的臉上看到如此神采飛揚的愉快笑容。

「雖然我很喜歡跟老朋友敘舊，但我想還是先將正事報告完比較實際。」

裘昊天重新搭上邢霍斌的肩膀，他的動作依然隨性，語調卻是難得的認真，邢霍斌熟悉裘昊天的性子，他知道等會摯友帶來的消息絕對不容小覷。

「對於飛天的認知，我想請各位發表一下意見……嗯，就你吧！發表一下意見應該可以吧？」

裘昊天指向璇璣郡公，郡公兩道清挺花白的眉鎖死，他不喜歡任人踰矩指使自己，何況對方還是不可能搏得他好感的裘家軍首領。

礙於邢霍斌的嚴厲目光，郡公清嗓，萬分不願地回答。

「飛天皆為女性，能飛，但不能飛到至高點，尤其現在正值荒濁年，混濁的空氣會讓她們窒息，她們被迫低空飛行。飛天高傲又嗜殺，以奇妙法術做最後武器。」

璇璣郡公神色難看地簡單陳述，裘昊天用力鼓掌。

「說的真棒！連親自對付過她們的我都不能解釋的如此詳細。這位……什麼來著？」

璇璣郡公沒好氣地回答：「司徒長空，封號璇璣郡公。」

「我會儘量記住你的名字，不過我勸你別抱持期望，我想上天給我的能力我全用在拳腳，腦袋不是太好。如……璇……郡公所言，飛天以她們奇妙的法術做最後的武器。可是各位，你們有想過為什麼是『最後』嗎？如果你們有一件可以扭轉局勢的強大武器，可能把它藏起來不用嗎？」

※　※

「裘昊天一語點醒夢中人，邢國百姓恐懼飛天詭異的戲法，卻不曾想過為什麼飛天要將這致勝寶貝當作壓箱寶？大夥反覆思索，猜上數回，仍想不出真正原因。各位爺們，想試著猜猜麼？」

我一個響指，即便演練多年仍改不了重點時刻停下故事的壞毛病。被我勾起好奇心的聽眾心癢難耐，胡謅出幾種可能。

「我給先生上一枚元寶，求你好心點，別讓咱們猜了，趕緊將故事說下去才成。」不耐等待的仕紳將沉甸甸的元寶放在我面前。

我探了元寶塞回袖口，揚起頑劣微笑：「這枚元寶我理當收下，故事我也會繼續。不過此情此景，我還是比較想讓各位猜猜。大夥猜一下用不著半炷香！若有人猜對了，我便不再停下。」

「說不定跟蜂針一樣用了就會死？所以飛天不得已只能找尋最佳使用時機？」

「不，讓我猜的話……我猜是她們的性情所致！比起瞬殺她們更愛看人類苟延殘喘的反抗。」

「那可真下流。先生，我們之中有人猜對嗎？」

趁空檔品茗，聽聞問句我又是一笑：「諸位爺們都有擔當朝廷要官的天分，那些朝臣也是如此猜測。你們說的都對，可惜全都沒切中要點。

飛天不使用仙術做勝負分水嶺的原因只有四個字──虛張聲勢。

那日，裘昊天在那名別著石蒜花的飛天口中問到答案……」

※　※

「我就這麼說好了，因為她們不能。」

裘昊天語出驚人，本人卻沒多大自覺。他嘴巴說著，手卻沒閒著，挑釁抽出御用侍衛的配劍，以純熟的動作舞劍，侍衛只能困擾看著。

「以這把劍打比方好了，每個人都會拿劍。」裘昊天赫然轉身，揮舞過鼻尖的劍嚇壞信使高黔，「卻不是人人都會耍劍。」

除了邢霍斌，所有人投來質疑的不解目光，裘昊天咋舌，他以不耐的表情明顯指責朝臣們沒有跟上他的思緒。

邢霍斌獨自思索，一會兒他打破緘默，率先發問，清俊的臉龐映著宮中高掛的燈籠，昏紅的燈光讓他的表情陰晴不明。

「你的意思是……飛天實際上能使用仙術者，不是全體，而是有一定數量？」

裘昊天猛地點頭：「沒錯，這是我在一名能使仙法的飛天臨死前逼問出來的答案。我在萬伏一戰發覺，明明戰況都倒向我裘家軍了，仍不見飛天們來場絕地大反攻。因此我有個合理假設——這群娘們中能使用仙術者，並非全體而是只有特定個體。而且這特定個體為數不多，因此飛天才會將仙法當壓箱寶。」

已全盤想通的邢霍斌飛快接續裘昊天的話：「人之將死其言也善，我們就當那名飛天死前吐真。倘使飛天只有特定人數能使用仙法，只要將她們先行斬殺、再剝奪飛天的制空權，她們便與凡人沒有兩樣。」

昊天，你帶來的情報無疑是對節節敗退的邢國最好的消息。」

眾臣臉色由憂轉喜，壓抑已久的緊張情緒頓時煙消雲散，嚴肅的朝堂初次流露真情，朝臣們不論位階全哭成一團。

兵燹不斷的年代，比起強悍的武器與高深謀略，人類更需要的是希望。

第三回：鋌而走險

戲劇性的反應能增添興味，故事講了多年，我摸透該在哪邊停下才能製造最佳懸念。我的臉色驟沉，抬頭看向遠方做高深貌。

「儘管裘昊天帶來捷報——並非每一個飛天都能使用奇詭仙法，戰況對人類仍然不利。」

茶館內裊繞的線香散發高雅香氣，茶香、薰香融合，形成一股安撫人心的舒服氣味。

「沒錯！先生的故事讓我們清楚飛天的可怕。不過，接下來邢霍斌與裘昊天等人會如何應變，我想在場的人無不好奇這點。還望先生速速將故事說下去。」

「你們真的了解她們的可怕？」我來回觀望底下群眾，深吸口氣繼續道，「面對從未見過的事物，只聽我幾番闊論就能摸透？不，你們根本不了解飛天的可怕。」

一名休假官爺以極為迂迴的方式誘使我繼續故事。這樣的伎倆我看多了！我幾句話含糊過去，自然使他徒勞無功敗陣下來。

「故事至此，飛天的領袖、最為可怕的殛天芙蓉仍未出場，你們還能肯定自己真的明白飛天的恐怖？

殛天芙蓉就像妖豔的燐火，於夜空緩緩升起，帶著最絢爛的光輝殞落，落下的同時燒得觀者眼瞳焦爛。殛天芙蓉的美貌超越人類能承受的極限，她深邃的眼眸投射令人失魂的目光，她的嗓音是摻了毒的糖蜜，她駭人的吸引力擄獲眾生，不分男女老幼，她的美貌使眾人臣服。」

我的嗓音逐漸迷濛，我的眼神渙散，絕倫美艷的身姿宛如再一次浮現眼前。

殛天芙蓉真的很美，即使歷經這麼多年，我仍沒見過比她更加絕色動人的女子。

「然而，越是美麗的花朵散發的毒性也越高。殛天芙蓉是飛天的領袖，但是，你們真以為她的身分只是一介領導者？她是禍水、是劇毒、是審判者亦是服刑人。

建築在荒涼的崑崙大陸的飛天宮殿，據說是她們墜落邢國後唯一認可的家園。

殛天芙蓉長駐於此，超凡脫俗的她厭惡人界穢氣。她在華而不實的廳堂午睡，大廳地板躺滿屍體，血腥味濃得讓眼睛失明，鮮血夾帶腦漿自牆壁流下，屍體各個面容殘缺，她們生前旖旎惑人的魅力不在。

是的，倒在地上的屍體全是飛天所有，制裁她們的人自然是殛天芙蓉。」

茶館舒心的氣息轉而瀰漫緊張氛圍，所有人的眼睛瞪得如銅幣圓大，我想在場沒有人願意相信世上竟然有人心狠手辣到連同伴都能虐殺。

真實盡是殘酷駭人，容不得我胡謅掩蓋。

我徐徐道出他們最想聽的故事。

※　※

假寐的殛天芙蓉被旁邊膽怯的女婢喚醒，她們見過殛天芙蓉盛怒時的非常手段，若不是情勢所逼，她們沒有人願意挑戰主子底線。

「殛天芙蓉，妾身真沒想到在這種環境妳還睡得著！」

突來的出聲者音調輕鬆，她大膽俯視靠著美人椅的殛天芙蓉，慧詰的雙眼不以為然微瞇。

「這裡的氣味相當難聞。」荳蔻少女模樣的短髮飛天捏起鼻子，「待會兒得找個人好好清理清理。」

「這也不能怪殛天芙蓉，那些丟人現眼的敗類竟然敢夾著尾巴從人類那頭逃回來？若是我，非敲爛她們幾顆爛牙再殺個澈底才能洩心頭恨。」

「妳們是否忘記正事？今天我們是來商量軍情，不是來玩耍抱怨。」

最後的出聲者擁有一頭斜披的墨色長髮，她冷不防瞪向其餘同伴。

無懼殛天芙蓉壞心情的四名飛天乃殛天芙蓉最得力的助手，也可以說是她的智囊團，飛天尊稱她們為「四姝」，名諱依序是殤官、柳慕、綬官與飛泉。

殛天芙蓉見來者是飛天四姝，被驚擾而起的怒氣頓時全消，她率先回覆柳慕的話：「血的味道能使吾精神煥發，爾等應該嘗試一回，很是提神。」

殤官聞言綻出笑靨，就本質而言，她是與殛天芙蓉最相近的存在：「再怎麼甜美的味道，過於濃郁仍會嗅之生厭。」

能了！妾身今日想來和殛天芙蓉談談那場……令咱等面子盡失的萬伏之戰。那場戰役，咱等失去了醒英，妳應該沒忘記吧？」

殛天芙蓉超倫的臉蛋覆上思考的苦澀表情，她沉著臉半晌，總算想起殤官口中的醒英是誰。正是那名被裘昊天所殺、能使用仙法的飛天。

「記得。殤官，有話直說。」

殤官俏華的臉孔擠出頑皮微笑：「在妳殺了那群敗戰雜魚前，妾身貼心替妳查過一些……必要資訊。

當日萬伏城之役來了群出乎意料的援兵——對邢國人來說惡名昭彰、行動力非凡的裘家軍。」

殤官的雙髻插滿成對金簪，她妖異的吐息比起殛天芙蓉有過之無不及。殤官深深吸氣，墨黑鳳眼緩緩蛻變為琉璃般耀眼剔透的青藍色。殤官的仙法在於她的雙眼，只要她有意，天下軼事都能收盡眼底，這也是殤官能成為殛天芙蓉的得力助手的主要原因，一雙能滲透地上人間萬事的眼睛是所有領袖最迫切需要的武器。

「裘家新主名裘昊天，武術及統領能力頗有乃父之風，妾身甚至能大膽的說裘昊天更是青出於藍。

裘昊天雖然只是人類，卻的的確確是我們必須多加防範的對手。他與當今邢國皇帝邢霍斌乃手足之交，他的到來必然能對邢國產生助力。」

「那又如何？我們飛天擁有人類望其項背的體能與恣意遨遊空中的天賦，就算有裘家軍介入，就算裘昊天真的不可不防，我們也不能畏首畏尾吧？」

綬官搶先發表感想，在飛天中，她是以性急出名的女性。綬官的仙術即是她的速度，沒有人能在競速中超前於她。

殛天芙蓉鎖緊顏色輕淺的柳眉，別在左耳的碩大牡丹花與她柔嫩的粉色肌膚相互輝映，她不喜歡吵鬧，即使對方是極親近她的飛天四姝也不例外。

殛天芙蓉隨意拋出一枚瞪視，綬官立即無力頹倒，莫名而急促的痙攣讓她渾身抽搐。殛天芙蓉的一抹笑容能誘惑眾生，一道眼神則能弭平生命。

飛泉忍住逃跑的衝動打圓場道：「殛天芙蓉，沒必要動怒吧？綬官性子急，妳向來明白。」

殛天芙蓉露出冷艷的燦爛笑顏：「吾希望爾等別再嘗試挑戰吾的忍耐極限。」

現場旋即靜默，飛天四姝明顯感受殛天芙蓉暗流般的情緒越來越激動駭人。綬官抽搐到口吐白沫，待她掙扎好一會，殛天芙蓉終於恩賜一個響指，綬官總算脫離殛天芙蓉的桎梏。綬官死命喘氣，恐懼與疼痛讓她無法出聲言謝。

殛天芙蓉沒搭理她：「時逢荒濁年，混濁的空氣讓吾等只能低空飛行。想侵入邢國，無論如何都要穿過喜多山脈。喜多山脈古木參天，吾等無法憑飛行穿越只得以徒步前進，愛卿有什麼好法子解決？」

殛天芙蓉懶洋洋望向四姝，周身洋溢怒火與不耐煩氛圍。

殤官資歷最深，對殛天芙蓉起伏不定的情緒最有應變方法，她知道要搪塞殛天芙蓉情感的衝動只有最甜美的誘惑，也就是致勝先機。

殤官毅然昂首：「荒濁年確實是咱們的死穴，非不得已，咱們高傲的飛天根本不該像蛆蟲於地上爬行。徒步穿越喜多山脈不僅有損飛天尊嚴，也大幅折損咱們的體力與速度。好在妾身的『眼』，已為飛天指引了一條勝利之路。」

殛天芙蓉饒富興味勾起唇瓣，娉婷身軀旁若無人倒回玉座。她闔上眼，皓齒輕啟：「簡而言之？」

「咱們不該狹隘將目光放在『上面』，該一併思考『下面』。

妾身想諸位……不，連人類都不人記得喜多山脈在百餘年前真正的作用是什麼？喜多山脈的原身是礦場呀！喜多山脈裡頭有著複雜崎嶇的採礦通道，我們由那出兵，勢必能直搗黃龍，給予人類無聲痛擊。」

殤官一番話鼓舞眾人，這項大膽提議令殛天芙蓉心跳加速，滿臉潮紅。綬官起身，朝主子屈膝欠身。

「殛天芙蓉，請派小的領兵探查，讓我將功折罪。」

「准。此行目的在勘查通道需耗費多少時間才能抵達邢國，尚無須與人類進行正面衝突。

當然這點並未含括那些主動挑釁的，吾准許妳盡興斬殺。」

殛天芙蓉臉上浮現沒有情緒的微笑，一抹殘酷、不帶喜怒、充滿勝利的笑容。

※　※

「這就是殛天芙蓉，飛天中最美麗也最殘忍的一名。」

我深深希望我拙劣的詞彙能讓聽眾腦中浮現殛天芙蓉的影像，我多事地提點他們，讓他們不自覺想起漢代的飛燕、殷商的妲己，她們無不動人脫俗，無不讓一代帝王趨向滅亡。

「脂澤粉黛無不使男人醉心。沉魚落雁，閉月羞花，這是你們所能想像的最美麗女子。可惜不論是昭君、貂蟬，又或玉環，無一能與殛天芙蓉之美匹敵。

絕世的殛天芙蓉有能力在英明的勇士腦中種下殺戮的種子，用笑容使它萌芽茁壯。她為人類帶來死亡與毀滅，性格中從不存在寬恕與懺悔，她是開天闢地以來最豔麗絕倫的猛獸。」

我定定掃視聽眾，接著露出微笑。

「自古紅顏多禍水，現在讓我們忘記沉重的歷史教訓，進入一個輕鬆章回。

這回我要說什麼呢？就說那亦兄亦弟、亦君亦臣的裘昊天與邢霍斌，於夜間雙雙交換意義非凡的配劍，踏上生機渺茫的死亡之路！

沒有裘昊天，邢國之主邢霍斌能如何指使狂放不羈的裘家軍？

再者，故事還有兩個許久未提的重要人物。諸君還記得故事最初介紹的兩位平民李雀和楊燦嗎？現在我要將故事轉回到他們身上，且聽我娓娓道來……」

※　※

空無一人的街道，李雀漫無目的走著，她在心中不斷數落自己的無能以及落荒而逃的懦弱舉動。

她只是一名平凡女孩，又怎麼有能力面對乖戾殘暴的飛天？她恐懼死亡，更因為害怕而無暇顧慮同伴安危。對死的恐懼讓李雀不自主拋棄所有信仰與美善，然而又有誰能指責這樣一名正值荳蔻年華的脆弱少女？

難以言語的羞愧燃上心頭，李雀想也沒想就是往旁邊坍方的房舍賭氣一踢。

「謀殺呀！」

男人的慘叫尾隨柱子的破裂聲傳出。李雀斜眼一瞥，斷垣殘壁後坐倒著一名男人，他的褂衫染滿斑斑汙漬，長髮蓬散雜亂，細長的雙眼飽受驚嚇瞪大如圓月，他全身發抖瑟縮角落。

「你怎麼會在這？躲在這是找死呀！」

「不是找死呀，妳且告訴我哪個正常人會無緣無故找死？明眼人都看得出來我是在『躲死找活』呀！」男人相當認真回答李雀。

李雀沒好氣瞪往不正經說理的男人，男人身上滿是汙漬，有鮮血有泥濘，曾經歷何種程度的死鬥顯而易見。

李雀歪頭思索，正當她想更進一步發問時，男人猛地撲倒李雀。男女授受不親，對方熾熱的體溫使李雀滿臉通紅。正當她盤算該用什麼難聽字彙教訓對方，卻驚覺天幕又暗了下來。

李雀知道天色暗下來的原因不是日落西山而是飛天再次襲來。

「阿彌陀佛，菩薩保佑，這群死婆娘怎麼陰魂不散。」男人嘀咕。

「怎麼？是道士來著？是道士還不知道求神拜佛沒用？」

李雀抽出暗藏腰間的匕首，現下她滿心仇恨，唯有報仇能使她擺脫背棄同伴的愧疚。她賭氣不逃，打算逞一回勇，殺一個算一個！

「我確實是道士，只是我沒有打算一輩子奉獻神佛，我還打算娶老婆、生一大堆孩子！所以無論如何我都不能死在這！」男人抄起地上廢棄的木棍，他緊張地嗆咳，堅毅地穩住步伐。

「撇除沒人要嫁給你外，想要子孫滿堂還得看你能活多久！」

語畢，李雀狠心決定斷絕與男人的一切瓜葛，她沒把握男人能否在此次劫數生還，李雀不願意與他熟稔，她不想再讓愧疚感只增不減。

李雀迅速往圍牆跑去，她藉由粗糙壁面往上爬，再以牆頂當施力點躍上空，她拉住屋頂為紀念先皇邢釋天逝去掛上的黑色布條，纖細右足順勢掃向進犯的飛天。李雀動作輕盈，她用身體干擾飛天飛行，再趁機扭對方下墜。飛天與李雀雙雙摔落地面，著地前李雀機敏旋滑入飛天懷中，以敵下我上的姿勢將飛天當墊背，毫髮無傷踏回地面。

「好厲害呀！」

男人由衷稱讚，雙手也沒閒著，木棍示威性在飛天面前幾度吆喝。飛天無懼刀槍，又怎麼會害怕一根棍子？她們素手一揮折斷男人的救命武器。男人未被僵局所囿，他拾緊斷裂的木棒，踉蹌插向飛天的眼窩，直至穿過腦勺。

木棒深入飛天的腦門，男人同時失去防身武器，飛天沒有放過攻擊的大好機會，一齊撲上。手足無措的男人下意識往後逃跑，卻不幸被屍體絆倒跌回廢墟之中。

「白痴！」

李雀餘光瞥見男人被絆倒的剎那，分神的她挨上飛天一記猛拳，她痛得悶哼。一波接著一波的攻擊讓李雀自顧不暇，她發覺自己除了替男人默默祈禱外別無他法。

李雀頓時察覺自己又重蹈覆轍。她察覺自己依舊冷血，恐懼蒙蔽她的心，腐化所有善良元素，讓人變得比飛天更加冷酷。她絕望告訴自己絕不能再拋下本能救助的人，一旦她又只顧自個安危逃命，她知道這樣的自己終將墮落飛天之流，永世不得超生。

男子不是任人宰割的羔羊，他隨手又在廢墟撈到一只金屬器皿，他以器皿當迴力標攻擊飛天。不痛不癢的抵抗被飛天皓腕揮揮輕鬆擋下。男人表情錯愕，愣愣露出視死如歸的頹喪神情。

「敢死在我面前我一定鞭你的屍！給我好好活著！」

李雀怒目嘶吼。在李雀心中，如果男人死在她眼前，她這輩子便無法脫離拋棄同伴的不義之罪。思及此，李雀奮不顧身衝向男子，襲來的飛天無法阻擋她的去路，她藉著踩上她們的香肩輕盈越過對方。

李雀距離男子只剩數尺，她欣喜自己終能救助對方，男人卻斷然拒絕李雀的出手相幫。

「別過來！快趴下！」

男人出乎意料婉拒李雀的捨命相救，錯愕的李雀下意識照男人的指令臥倒，男人快速從懷中掏出一根竹管朝飛天丟去。

霎時轟天作響，一塊又一塊的飛天屍塊濺出，大量的敵人於轉瞬變得體無完膚，狼狽倒臥血泊之中。

「好險好險！距離那麼近，我還以為我也會跟著命喪黃泉。」以殘壁做擋箭牌的男人吃力爬出，他抹抹汗朝李雀露出即將虛脫的微笑。李雀瞠目結舌看著繚繞黑煙的廢墟，硫磺的臭味刺鼻，她無法理解男子運用何種弔詭戲法才能弭平敵襲。

「那個……那個是？」李雀的思緒空白，幾度掙扎仍說不出完整字句，遂以行動表示。李雀指向火光，明白示意男子她的疑問。

「這是我發明的東西，我稱它為『佛之禮物』。怎樣？效果很不錯吧！」男人自滿地叉腰。

李雀大方露出頗為不信任的神情，男人口中的「發明」過於奇詭，她雙手高舉做防禦狀。

男人搔頭：「別怕！我承認佛之禮物確實有些邪門，我也知道一旦我用了，說不定會有人把我視作飛天的同伴。可是生死關頭誰還計較這麼多？只要能活下去，甚麼手段都該嘗試！我叫楊燦，是一介落難的江湖術士。妳打什麼名來著？」

儘管楊燦的「佛之禮物」威力令李雀恐懼，但他話樸實誠懇，李雀終於卸下心防。

「這年頭誰不是在落難？我是李雀，戲班煙花醉的前任當家花旦。」

提及自己過去的家，那替邢國百姓帶來歡笑的煙花醉，李雀的臉上染起落寞色彩。憑藉她對飛天的熟悉，救出同伴或許並不是無一絲希望！但她卻因為恐懼放棄所有可能。

一則荒謬想法突然浮現，靈光一閃的李雀望向楊燦，她曉得自己該如何做才能彌補拋棄同伴的虧欠——贖罪的契機如果已經流失，再製造一則不就得了？

李雀豁然開朗，她揚起狡詐的微笑：「反正我們全是難民，敵人一致，不如同行！我們兩人相互幫助，生存機會也大些，你不會拒絕我吧？」

楊燦驚奇又富殺傷力的發明讓他比一般人強悍，為了生存願意嘗試各種可能的強健心理與李雀一拍即合！李雀奸巧盤算如果同伴夠強，或許她就不會再次面對不得不背棄同伴而逃的命運。

楊燦皺眉望向李雀半晌，李雀堅毅的神情不容他人拒絕。

「也好！兩個人結伴總是比一個人熱鬧，楊某就勞煩女俠保我的小命。」

達成共識的兩人有默契又俐落地雙雙搜括死城還能果腹的糧食，他們以破布隨意包裹，穩妥塞入懷中。楊燦和李雀四目相交數秒，再次踏上崎嶇險峻的求生之路。

※　※

深夜的吉祥宮後院有著兩道突兀影子。子時的夜凝寒，萬物彷彿將要結霜，面對如此嚴寒的氣候，百姓情願躲在溫暖的被窩也不願意待在空曠處，兩道身影出現在此著實不合常理。

受月色拉長的影子無懼天寒地凍，被拉長的身影彼此對站，他們右手各持長劍，肅殺之氣於夜色中蔓延。

右端較纖細的影子舉起寶劍，他兩手握緊劍柄，將劍水平齊眉；另外一頭的男人則反手持劍，劍鋒一正舉至臉前。

現場悄然無聲，天地間的所有音響盡被凝重氣氛抹煞。

「霍斌，我要來囉！」

「我認識的裘昊天從不懂『正大光明』，幾年沒見，沒想到你學會提前知會？」

纖細的身影發出不滿的嗤聲，他壓低劍快速朝對方奔馳。另一端的影子高舉利劍猛地朝已衝至身側的影子劈砍。先出招的影子未給另一方得逞機會，他如猿猴輕巧後翻，左腳踢往對方手腕，再以未持劍的手做支點，反向跳回原地。

於深夜比試的兩人正是邢皇邢霍斌以及裘家軍領袖裘昊天。

邢霍斌望著自己紅腫的手腕讚許：「好樣的！昊天，幾年不見，你的陰險招數更勝以往。」

「霍斌，你是在提前宣布你的失敗麼？」裘昊天笑笑。

「我是不是……會輸，你待會就知道了。」

邢霍斌不再屈於守勢，邢皇歷代相傳的降龍劍於地面磨上一圈，鐵器激起金亮火花。邢霍斌運用著夜的昏黑掩護，讓自己的身姿全然消失在裘昊天眼前。

裘昊天驚呼：「人呢！」

「不是在你眼前？」

瞬息，邢霍斌已經處在裘昊天腳前數步，距離正好是劍可以攻擊的最大範圍。裘昊天尚未回神，多年的訓練代替神智讓他的身體直接運作備戰；裘昊天雙手的動作比大腦更快，雙手持劍即刻抵擋邢霍斌的攻擊。相較邢霍斌，裘昊天的力量遜色太多，未及弱冠的他本來就不屬於以蠻力抗衡的類型，裘昊天感到手腕發酸發軟，他知道自己無法再堅持下去。

正當昊天想虛晃一招逃離劣勢，手中的長劍竟被邢霍斌打飛出去。

「該死！」裘昊天破口大罵，掉頭往劍落處跑去，他滾地使勁抽出深刺地板的愛劍。

「厲害的還是只有嘴巴。」邢皇邢霍斌露出一副啼笑皆非，鄙夷大過愉快的惡劣笑容。

裘昊天再次舉起劍，他握劍的右手已不像方才有力，邢霍斌粗暴、不留情面的攻擊對裘昊天的手腕造成不小傷害。一般人此時早就知難而退，可惜放棄從不符合裘家軍作風。裘昊天抽下斗篷上的麻繩，墨綠斗篷隨風揚天張成球狀，他以韌性十足的麻繩穩妥將劍柄與手掌綁在一塊，四指更以意志力緊緊回握。

邢霍斌挑眉：「昊天，沒必要把自己搞成這樣吧？純比劃罷了！乖乖服輸，趕緊下去擦藥。」

裘昊天大口喘氣：「閉嘴！我不想再輸了！該死的邢霍斌，沒到最後一秒誰勝誰敗還很難說！」

裘昊天對勝利相當執著，今天若再輸，就是他年輕人生的第十九敗，這些敗績的對象理所當然全是邢霍斌。

邢霍斌聳肩，如鷹隼的銳利眼神顯示他未曾考慮過放水一路。裘昊天開始奔往邢霍斌，他的速度在幽靜夜空中快得如流星。昊天一進入霍斌的攻擊範圍，他立即毫不留情揮動降龍斬往裘昊天。裘昊天不選擇以配劍抵擋，僅是飛快轉身，轉身的同時帶動腿部，以扎實的腿踢襲上邢霍斌側腹，接著用力使用刀背向對方的後頸打下。

邢國貴族間的比劃向來使用武器而非拳腳，比劃是高雅、尊貴的行為，有既定準則，昊天的意外舉動讓邢霍斌招架不及，捱了一記扎實攻擊。

邢霍斌感覺思緒刹那空白，眼前景物同時迅速轉黑，他的口鼻噴出血液，整個人頭昏難受。此刻裘昊天的劍又改變方向斬回。邢霍斌逼迫自己清醒，神智不清的狀況下他只能憑直覺胡亂掃開裘昊天的攻勢。邢霍斌將自己所有力量注入手腕，猛地朝裘昊天可能攻擊的方向一推，另一手則以劍鞘向同方向使勁揮去。邢霍斌猜得神準，一劍一鞘賞了裘昊天一記痛快！仍是少年身型的裘昊天下盤不夠穩健，人沒站穩、體重又不夠，整個人就這樣被邢霍斌打飛出去！衝擊力道太大，他連翻了幾圈才停下。裘昊天無力地倒在地上，無法動彈。

「啐！」邢霍斌吐出口中殘餘的鮮血，用手背抹去人中的血汙，他將降龍隨手扔下走向仍倒地不起的裘昊天。

「你還好嗎？還活著嗎，裘昊天？」邢霍斌蹲下身，右手撫上裘昊天的頭，裘昊天一動也不動躺在原地，這讓邢霍斌不由得起疑。

他知道剛才的比試他確實沒放水，但以裘昊天扎實的武術底子，也不至於昏厥不醒。俄頃，裘昊天突然起身，電光石火從懷中掏出匕首抵上邢霍斌的頸子。邢霍斌比對方的反應更快，匕首還沒貼上頸子就被他大掌打飛。

邢霍斌扯著裘昊天的黑髮，毫不客氣往後拉扯：「好了！不要再掙扎了！這次又是我贏了！再不認輸我就讓你當禿子！」

「痛痛痛痛！放手啦！好啦！你贏了，你贏了！我認輸！」裘昊天向邢霍斌猛揮拳，邢霍斌滿意頷首，再拉了兩下後才老實鬆手。

只有與裘昊天相處時，邢霍斌才能覺得自己只是一名普通青年，可以任憑心性胡鬧，也只有在這時候，邢霍斌才能感覺自己真正活著。

邢霍斌對邢國的愛無比真誠，但比起當個憂國憂民的青年君王，他更希望自己只是百姓口中不屑的裘家軍成員，可惜流淌邢氏血脈的他，無法選擇自己真正想走的道。

邢霍斌朝裘昊天豎起拇指：「你那招捶上頸子的殺傷力真的很大，我的頭到現在還是昏昏沉沉。」

裘昊天不悅地嘟起嘴：「殺傷力大歸大，我還是輸了，省省你沒用的稱讚。」

「輸是應該的。不過比起我當年離開裘家軍時，你真的進步很多。」

「哼！我才不希罕你假惺惺的安慰！」

裘昊天孩子氣別過頭，大字仰躺。

繁星點點，兩人思緒各異，不安氣息瀰漫御花園，見裘昊天已經恍神到將要打瞌睡，邢霍斌打破沉默開口。

「戰事如火如荼展開，除了有你助力的萬伏一戰外，其他戰役邢國要麼打平，要麼敗北。當然，我說的打平指得是玉石俱焚，飛天與軍隊、百姓同葬。」

邢霍斌淡然道，平穩的語氣充斥一代君王的愁悶。

裘昊天翻過身，趴在地上：「戰況真有那麼糟糕？我怎麼不知道你的武藝有那麼爛？」

「說笑！你別以為所有士兵都跟我一樣強。昊天，下一場仗我打算親自上場，邢國承擔不起再輸下去的苦果。我必須御駕親征做表率，只有贏了，邢國子民才不至讓心中的希望火苗熄滅。」

「那麼複雜的事情我不懂，我只知道我們兩人聯手，就算有百萬飛天也奈何不了我們！」

裘昊天興奮坐起身，他壓制不住高昂情緒手舞足蹈，邢霍斌卻是搖搖頭否定裘昊天的話。

「昊天，我不希望你跟我一起上戰場。」

裘昊天激動的語氣轉為失望與憤怒：「你說什麼？我不能接受！霍斌，就算輸了你，我也不會被飛天打敗，你是看不起我才不讓我上場應戰？你是沒看到我在萬伏城打得人擋殺人神擋殺神的英姿才會愚蠢拒絕我。」

夜的莽莽濃黑渾沌，散發杳然的致命吸引力。裘昊天十分不悅地瞪向邢霍斌，威嚇對方最好講出讓他能了然接受的理由。

邢霍斌自少時與裘昊天相識，他當然懂得對方的直腸子，躊躇半晌，他找出能讓裘昊天接受的開頭。

邢霍斌清嗓道：「昊天，我們交手這麼多次，彼此擅長什麼又或不擅長什麼都瞞不過對方。你的戰鬥模式類似盜賊，機動性高，動作靈巧，速度更是居裘家軍之冠，甚至連我也不得不拜服。不讓你上戰場，是因為我想託你做另一件事。這件事論嚴重性絕對遠勝於接下來的任何戰役。」

「假惺惺的稱讚能省則省！霍斌，別以為你糊弄我兩句我就會答應不上戰場。你要我做的事情最好真的夠重要。」裘昊天依舊生著悶氣。

邢霍斌似乎沒想直接切入正題，他迂迴地岔開話：「吉祥宮就崑崙大陸而言算是屬東，飛天想大舉入侵邢國，就地圖看來除了直接穿越中間的喜多山脈外別無他法。今年，我們正好幸運撐到百年一次的荒濁年，荒濁年時的空氣狀況很糟，飛天不可能進行長距離飛行，再者喜多山脈植叢茂密不利飛翔，飛天想進攻皇都必然只能仰賴步行。

日前探子向我回報喜多山脈一片寧靜，沒有飛天紮營的跡象。喜多山脈確實高聳複雜，但是以飛天們嗜血殘暴的性格推斷，我不認為她們會放棄全員通過喜多山脈向邢國發動總攻擊的可能。

飛天零星的攻擊日益攀升，殛天芙蓉是飛天的最高領袖，迄今她仍未正式干預戰況，究竟是她們正籌備大軍還是飛天已經找出我不清楚的路徑？」

裘昊天一頭霧水：「說了半天歷史地理，我還是有聽沒有懂。霍斌，你要我幹麻不妨直說，難道你當上邢皇後，智商開始降低，不懂得如何把話說明白？」

被多年兄弟明諷暗貶，邢霍斌輕揉發疼的太陽穴，深吸一口氣後，順裘昊天意思，坦白了當將他口中的重要任務娓娓道來。

「昊天，我希望你能幫我進入崑崙大陸，去實地探查飛天動向。我最希望得到的情報莫過是她們究竟準備多少大軍，有準確的情報，邢國才有能力扭轉這場天地大戰的劣勢。」邢霍斌一鼓作氣把話說完，換來裘昊天的啞口無言。

以可憎仙法將人命玩弄於鼓掌、能以一擋百的異種女性，如今邢霍斌卻明白希望裘昊天接近這群令人身心懼怕的女性，更要他套出對方有多少兵力。邢霍斌不希望裘昊天上戰場的理由其實明擺著要他踏上生機杳然的死路。

裘昊天再次倒回地面：「也就是說我的下場不是在喜多山脈迷路到死，就是被飛天做成串燒生吞活剝？霍斌，真有你的！」

「你應該沒那麼容易被擺平吧？打不贏，跑就是，我沒要你死在她們手上。」

話說得輕鬆，邢霍斌仍知道這趟祕密探查幾乎是九死一生，若非戰況已到這個節骨眼，他壓根不可能做此請託。

「是沒錯啦！打不贏我跑就是，沒必要把命送給那群臭婆娘！只是霍斌，你弄錯一件很重要的事。」

「什麼事？」邢霍斌狐疑望著友人，裘昊天舉起兩根指頭在邢霍斌眼前挑釁地晃呀晃。

「想從崑崙大陸進入邢國所在的中原大陸，照常理確實以直接翻越喜多山脈最快，可惜所謂的『穿越山脈』，不侷限一般認知的『攀爬』，還有一個方法是『下地』。

想通過喜多山脈不一定要跟上頭的參天古木搏鬥，其實更快的方法是從底下，不，該說是從地底走更加便捷。」

「地底？」邢霍斌錯愕，這是一條連貴為邢皇、擁有龐大情報網的他也不清楚的訊息。

裘昊天對邢霍斌疑惑的神情很是滿意，他得意地繼續解釋：「喜多山脈，邢國百姓多半將她認作劃分邊境的界限山，卻忘記她過去的真正身分。

喜多山脈在百年前，是以產礦聞名，邢國軍武立國，煤礦讓邢國受惠多少自然不用我解釋。霍斌，你腦子比我好使，應該不用我再講古了吧？」

邢霍斌於腦中找尋有關喜多山脈的大小訊息，他想起曾在古籍看到的紀錄，喜多山脈曾因另一個消失已久的名字備受注目。

「你說的是……喜戎礦坑？我記得喜戎礦坑於我祖父在位時就廢棄了呀！」

「官方紀錄的『廢棄』，指的是可用資源已開採完畢，並非指全數通道封閉。我曾經為了躲我老爹，情急之下鑽進封閉的喜戎礦坑。裡頭相互通連的小路多到嚇人，其中當然不乏嚴重坍方的，但還能通行的也不少。總之我靠僅有的乾糧在裡面混上好幾天。

大概是第五天吧？在錯綜複雜通道混上五天的我終於找到出口，而那個……喜什麼來著的礦坑？另一頭連接的居然是崑崙大陸！我想我出來的地方應該離飛天居住的都城不遠。」

「簡而言之你曾因為迷路，透過喜戎礦坑的通道抵達崑崙大陸，還在那頭閒逛半天？」

「說什麼閒逛！要不是被我老爹脅迫，我才不會自尋死路。崑崙大陸人煙罕至，有的也是蠻族，更別提猛獸層出不窮！不過現在想想那些猛獸蠻族實在不算什麼，飛天可怕多了。」

「我知道飛天的可怕……昊天，你明白這項任務的迫切與危急性嗎？」

「我當然明白。」

裘昊天的眼神出現難能可見的嚴肅以及認真。

「你也只能交給我吧？背負邢皇枷鎖的你無法離開吉祥宮，反觀我自由多了。裘家軍不論經歷多少時間都不會被任何事物限制自由，就算是皇室、王權對我們也是莫可奈何。」

「我曉得，所以我不是以邢皇之姿命令你，而是……以一個朋友、人類的身分懇求你。我非常需要你幫我執行這項生死交關的重大任務。」邢霍斌神情惆悵，「因為我是用朋友的身分請求，而非以邢國之主的身分。昊天，你也有拒絕的權利。

以密探之姿潛入崑崙大陸無疑送死，你就算在此回絕，我也不會有任何怨言。」

邢霍斌不敢訴諸言語的是——坦白說他是發自內心盼望裘昊天回絕他的請託。以邢皇的身分，他清楚裘昊天不僅是唯一，也是舉全邢國最適合執行這項艱難挑戰的人選，然而站在朋友的角度，邢霍斌無比希望裘昊天貪生怕死一回，果斷拒絕他的請求。

弔兒郎當的反問從彼方傳來，「你以為我是那種枉顧道義、不講情理、只求生存之徒嗎？我最好的朋友都開口求我了，就算死路一條我也不能拒絕。

我雖然是裘家軍領袖，老實說下面的人也從沒把我當頭兒看待，鍾楚老是說我態度輕浮，分不清甚麼時候認真、甚麼時候鬧著玩！今天，我要證明我的決心。

喏！拿去！」

裘昊天倏地將自己的配劍丟往邢霍斌，邢霍斌心有遲疑仍俐落接下。

※　※

「這位爺，我瞧你擁有一把好劍，容我造次，可否請你將劍借與我一會？」

聽者了當將腰際配劍拆下遞予我。我各以左右手嘗試各種揮砍。許久未持劍，沒想到再次拿劍竟讓我如此懷念？我忘情地舞弄長劍，直至原主輕咳數聲方才回神。

「抱歉，其實我借這柄劍來，是想向你們解釋一下裘昊天擁有的野鳳寶劍。裘昊天慣用的寶劍，劍鋒銳利，設計也相當獨道。」

我將劍舉至與聽眾視線平行，歷經滄桑的手在劍莖與劍格上頭來回奔走。

「劍莖及劍格膠金不說，主體雕繪纏繞雲雷紋的展翅鳳凰。劍格厚而寬，鑲有象徵自由大地的翠綠碧玉。最重要也最特別的是劍身近莖處刻有一段潦草字句。」

我頓了頓，接著以篤定的語調背誦：「上頭刻的是『不只做你的主人，還要擔任我們的主人』。」

按捺不住急性子的人連忙道：「敢問先生這是什麼意思？」

「這把劍名為野鳳，野鳳劍是裘家軍的精神象徵，相當於傳國玉璽。有了野鳳即能號令裘家軍，如此你們便懂這把劍意義有多不凡吧？將劍交與邢霍斌的裘昊天，心中抱持多強烈的決心我們自然不得而知……」

※　※

邢霍斌端詳劍柄刻紋，他不肯定裘昊天將劍丟向自己的原因，儘管他心中有一個他不願意成真的猜測。

「昊天，這把劍是……」

「野鳳呀！喔！我都忘了今天是你初次與它交手。

我老爹死後，野鳳自然傳給了我，我就算不想要也沒有其他人可以接！

野鳳正確來說是由初代裘家軍首領一路傳承下來到我手上，有了這把劍，相當於擁有統帥裘家軍的權力。

我底下那群蝦兵蟹將不可能隨便聽從你發號施令，喔！重金利誘也不見得能使他們聽話。就算他們難搞，在我離開時除了他們，你又有什麼比他們更好的戰力？我將野鳳交給你，任你使喚他們。你不能因此虧待我的弟兄喔！一天三頓每頓五菜一湯自然不需我叮囑，至於那些無益身體健康的休閒活動我想你也管不動，隨他們去吧。」

從小與裘家軍一起長大的裘昊天，將性命置之度外，又把情同家人的同伴交給邢霍斌掌管，儘管一切沒有明說，他的行動卻清楚表達他的決心有多麼堅定。

「你知道我不會，好歹我也跟著裘家軍生活數年，我不可能虧待他們。把野鳳交給我的你，沒有順手武器打起架來想必實力減半吧？我的降龍劍你拿去湊合著用。」

邢霍斌同樣將自己的配劍交付裘昊天，聽聞邢霍斌漫不在乎發言的裘昊天反倒神色大變。

「霍斌你有沒有搞錯？劍什麼的我隨意找一把拿去用便是，你是被我打壞腦袋忘記將降龍劍交付他人代表什麼意思嗎？」

軍武立國的邢國，邢皇的專屬配劍有著非凡意義。降龍劍是除了邢氏血脈的王權象徵，能號令四方軍隊，傳承一代邢皇之於「武」的權力。

主動將降龍交與他人代表的正是讓位予賢。

邢霍斌抱著野鳳雙手環胸，傲視群雄的姿態不悅地暗示剛剛裘昊天的攻擊對他根本不痛不癢，更別說被對方打壞腦袋。

「我沒有昏頭，相反的，我的思緒從未這麼清晰！我知道自己在做什麼。」

「那麼就是你老糊塗了！明明跟我只差五歲，怎麼老得這麼快。」裘昊天嘀咕。

邢霍斌渾身散發王者氣息，灼灼視線與裘昊天双目相望：「你、我都知道接下來是凶多吉少，若是我先死在戰場上，我懇求你回來接替我、繼任邢皇一職。」

裘昊天皺緊雙眉，雙拳握至最緊才緩緩鬆開，沉默許久他才開口回覆：「民間對你最好的評價不過就是邢霍斌或許是一名將目光放至未來的英明君王，然而就我看來也不過只是個杞人憂天的混球！我討厭過於悲觀的想法！甚麼死不死，你非得說個兩句觸人霉頭嗎？」

「身為統治者，我必須為最壞的結果先行打算。我講是這樣講，但你儘管放一百二十顆心吧！我會盡可能活下去，我不會那麼早死，就算死了也會從花梨木棺爬回來。」邢霍斌開了荒唐玩笑緩解氣氛。

「也對。」裘昊天舒緩了表情，恢復原本的頑劣神色開懷大笑，「你當然不能死！除了我，你還能輸給誰？而我，也不想輸給你以外的人。」

兩人豪放地仰躺大笑，他們笑到上氣不接下氣，貴為邢皇的邢霍斌與其摯友、身為裘家軍領袖的裘昊天忘卻身分縱情發笑。他倆心裡明白，此時不笑，他們恐怕會哭出來。

繁星被天穹無盡的占有欲收納其中，夜色昏濁，僅存一輪血紅腥月於上頭，寂寥的環境只剩下兩人快慢不一的呼吸聲。或許在思索，或許在試著接受現況，邢霍斌與裘昊天沉默不語。

裘昊天率先打破僵局坐起身：「霍斌……我想我現在就得走了！別看我那群不拘小節的骯髒弟兄平常是那樣沒情沒義，其實骨子裡全是性情中人！若讓他們知道我要走了，他們鐵定會哭得亂七八糟，拚死都要攔住我。見到他們哭，我就走不了。」

「抱歉難為你了。」

「你也知道？」

裘昊天拿起降龍插回自己的劍鞘，外觀看來與往常無異。他背對邢霍斌，邁開沉重的步伐，卻突地轉身，左腳用力掃上邢霍斌的臉，在重擊邢霍斌的下一瞬，他趕忙拔腿逃跑。

「這回是我贏囉！霍斌，你不能輸給其他人喔！」

裘昊天邊跑邊喊，邢霍斌望著摯友倉皇逃逸的背影苦笑，他以手背抹去唇角鮮血。

「給我活著回來！裘昊天！你若是死了我到地府也要揪出你再打一場！」

他朝裘昊天的背影大吼，逐漸縮小的影子在揮手後消失的無影無縱。

第四回：浩瀚蒼生

「手無寸鐵的尋常百姓之於飛天毫無招架之力，百姓遇到敵犯只有斃命下場，唯獨武藝超凡的人類才能與之一較高下，扭轉乾坤。

面對難以抗衡的恐懼，再卑鄙的手段也只是為求爭一口氣好好活下去。我們如此，飛天亦是如此。飛天本來生活天上仙界，失墜的她們來到陌生的邢國，喚醒的情感難道就沒有驚懼？我們真有權力制裁一介物種因害怕捲起的反抗？」

我掃視在場所有男女老少，台下無人回答我的提問。駝著背的我單手撐起下顎，無聲觀察他們的神情，他們疑惑、怯弱的容顏令我許久未震盪的情緒感到隱隱苦楚。他們因為我的疑問開始質疑這場天地大戰的必要，倘使當時參戰的雙方也能沉下心，審慎思索，或許也能贏來不同結局。

至少是比較喜樂祥和的結局。

「還有比生命更加珍貴的事物嗎？活著不是最重要的事嗎？

在面對飛天這樣強大、無疑凝聚極端恐懼的存在，真的有人能為了理想、為了情義、為了家國，超凡一切，置生死於度外嗎？」

我闔上眼，昔日的咒罵、哀嚎與求饒聲亂糟糟混在一塊浮出。我搞不清楚聲音源於何方，訴求的對象又是誰。

「先生既然會這麼問，想必是有所答案？或者說在這場飛天與人類的天地大戰中，真的出現了這麼一位英雄好漢？」

我無話可說，好一會才回應他。

「我不知道，我反倒希望有人能出面……否決這項可能。」

我低聲解釋，順手整理皺的可笑、披在身上那件幾經風霜洗禮、殘破不堪的墨綠斗篷。

「有望各位原諒，不知不覺間又打擾爺們聽故事的興致。

讓我們回到故事，發展至此，各位應該清楚知悉每位角色的動向了吧？殛天芙蓉聽取殤官之見，派遣性急的綬官前往喜多山脈查看通道。楊燦與李雀結為旅伴，為活下去奮戰。裘昊天則接受邢霍斌請託隻身前往崑崙大陸探察敵情。

至於邢霍斌呢？得到野鳳，打算御駕親征的他，真能號令裘家軍子弟？且聽我緩緩道來……」

※　※

自從裘昊天離開王城已過三日，時日過短，裘昊天應該尚未抵達邊境，自然尚未有任何音訊傳回吉祥宮，經由探子回傳的情報只有東北邊境也被攻陷的壞消息。

邢霍斌處在安逸的吉祥宮，他無法親耳聽見人民的嚎叫，卻能從心靈由衷感受生命與人類體溫不斷消失產生的哀鳴。躲在安逸處苟且偷生、於後方付出心血徹夜運籌帷幄，行一代君王應行之事，都不是貴為邢國之主的他最想要的，邢霍斌最想做的莫過於身先士卒，在戰場上拋頭顱、灑熱血，以自己的劍開創勝利契機。

「高黔，幫我帶一個人來吉祥宮。」邢霍斌站在王座前，右手為控制情緒緊握腰間長劍，信使無法解讀邢皇近日陰晴不定的情緒，只能機伶點頭。

「我要你找一名裘家軍成員，他的名字是鍾楚，可能出沒地點……應該是花街柳巷。你看現在哪間青樓名聲最響，進去便是。裘家軍莽勇，你多帶些人手，盡量別傷到對方。」

「陛下，如果您不肯定這位鍾楚爺在哪，要不小的替您將裘家軍領袖裘昊天帶來不就得了？他應該清楚裘家軍的動向，這不是快多了？」信使得意覺得自己在邢皇面前提出了好主意。

「不需要你多事！去找鍾楚來！馬上！」邢霍斌勃然發怒，信使高黔被嚇得跌坐在地，連滾帶爬離開邢霍斌的視線範圍。

邢霍斌不愧與裘家軍相處多時，他的推測非常準確，高黔在門庭若市的青樓頤酩院找到鍾楚。鍾楚人高馬大，以蠻力作為得意武器，他的聲音渾厚如雷，就外表而言比起裘昊天更有裘狚之貌，更是裘家軍的第一把交椅。裘家軍雖然身如浮萍，但他們彼此情感濃厚，每位老將兵士又都是手把手拉拔裘昊天長大，謀反之心斷不會在他們的心裡萌芽。

高黔服侍邢霍斌甚久，能在官場打滾的人必然有一定眼力，高黔為人膽小怯弱，對於看人倒有一套獨特看法。直覺告訴高黔鍾楚這個莽漢不是他這種小人物能交涉的！因此他借助邢國將士，連拖帶拉將對方帶往吉祥宮。高黔將鍾楚引領至邢霍斌面前後，隨即找藉口開溜，一來他不想面對君王的雷霆之威，二來他才不想被鍾楚的大嗓門震聾雙耳。

享樂到一半被押來吉祥宮，鍾楚自然臉色難看。他蹙緊眉頭的臉肌肉橫布，分外粗野，銅鈴大的雙眼怒目圓睜。

「鍾楚，撇除昊天，裘家軍成員最信任的人應該是你？」

「你此番話圖得是甚麼？我不是那種隨便稱讚就昏了頭的人。」

鍾楚困惑與不滿交加地看著邢霍斌。他願意撇下美人來吉祥宮，不是賞邢霍斌面子，賞的是裘昊天的面子。邢霍斌在裘家軍修習武藝數年，鍾楚自然見過邢霍斌，只是當時半加入裘家軍的邢霍斌除了使用化名，更掩藏身為皇太子的身分，久別的故人如今爬上裘家軍最瞧不起的皇位，鍾楚說什麼都不能諒解邢霍斌。

邢霍斌以如鷹隼的銳利目光直視鍾楚，一邊是一代年輕帝王，另一邊是孔武有力的裘家軍第一把交椅，他們緘默不語，僵局持續。即便鍾楚馳騁沙場多年，仍被邢霍斌的渾身帝王之氣壓制。鍾楚是標準莽漢，氣勢雖然輸人也不願意彰顯醜態，他賭氣席地而坐乾等。待沉默完全削減鍾楚的銳氣，背對鍾楚的邢霍斌才緩緩開口。

「飛天若要舉軍全數入侵我邢國，唯一辦法便是從崑崙大陸穿越喜多山脈而來。喜多山脈植被高聳參天，現在正值荒濁年，飛天無法進行高空飛行，她們若想傾巢攻占邢國，勢必只能採取步行，步行而至最快也要花上一旬。

連接喜多山脈的邊境城市分別是萬伏城、神尊城、東華城。神尊城被攻陷，鄰近的萬伏城拜裘家軍幫助姑且算守住，可惜兩座城池已槁木死灰，無法再行防衛功能。僅存的東華城岌岌可危，邢國絕對不能讓東華城同樣淪於神尊、萬伏的下場。」

「你的廢話可以簡短些嗎？」鍾楚瞪著邢霍斌，卻受年輕邢皇嚴厲的眼神懾服。

「人類禁不起再一次失敗。孤準備進行東華一戰掃除飛天餘黨。孤，需要你們裘家軍跟孤一同御駕親征。」

「我代裘家軍其他弟兄拒絕。」鍾楚了當回覆，「我們裘家軍的領袖只有一人，那就是昊天！即使是邢皇的命令，對我們跟放屁也沒兩樣。想要我們幫忙去求昊天吧！只要昊天同意，要我幫你擦屎我也不會有第二句話。」

邢霍斌對鍾楚斷然拒絕自己的請求不感意外，他的右手壓上腰間的寶劍，想馴服裘家軍只有一條路——

「如果是野鳳的現任持有者的命令呢？」邢霍斌抽出配劍，熟悉而奔放的綠色光芒讓鍾楚啞口，驚訝過後隨即湧上難以言明的強烈憤怒。

「你怎麼可能擁有野鳳？昊天這混小子再窩囊也知道要保管好野鳳！昊天怎麼了？渾

球，你把昊天怎麼了！」鍾楚的咆哮震耳欲聾，門外的禁衛軍一擁而上打算制伏出言不遜的他，邢霍斌舉手制止他們。

「這是場賭注，為了人類的勝利，孤與昊天將自己交付不同戰場。」

「我不想聽那種冠冕堂皇的理由！昊天人呢？」

「孤派他潛入崑崙大陸，去一探飛天虛實。」

聽聞邢霍斌委託裘昊天的致命任務，鍾楚登時愣住。

「昊天還是個孩子，你居然讓他進行這麼危險的任務？你這畜牲，裘家軍待你不薄，老狟也把你當親兒子，你狼心狗肺，恩將仇報，你憑什麼讓昊天去送死！」

鍾楚想衝上去親自教訓邢霍斌，若非邢霍斌有先見之明撤離禁衛隊，吉祥宮絕對會發生流血衝突。

「孤不是讓昊天去送死，即使這趟任務乍看是條死路，憑昊天的能力或許也能闖出一條活路。孤信任他，難道你們裘家軍不信任昊天？」邢霍斌輕聲道，「孤信任昊天，而他也信任孤、信任你們，所以這把劍才會在孤手上。昊天雖然只是孩子，但他思緒清晰，他曉得在這場天地大戰中，什麼是能割捨，什麼是比生命更重要的。」

邢霍斌堅定說著，語氣無比堅毅，但他知道心中的不踏實感從沒被自己說服。

鍾楚總算冷靜，他反覆思索邢霍斌的話，他明白對方話中的真意。鍾楚不情不願地望向邢霍斌，單膝跪下。

「我明白了，我會與裘家軍說明。我，鍾楚永遠效忠真正值得持有野鳳之人。」

鍾楚語帶雙關地起誓。

「很好，替孤向裘家軍傳令——大軍今晚開跋。」

邢霍斌痛恨自己做出這種殘酷抉擇，他深知這趟任務就算是武藝超凡、腦筋靈光的裘昊天也是凶多吉少，明知如此，他還是卑劣地對自己唯一的摯友提出生死請求。邢霍斌其實不明白自己是真的在為人類、邢國福祉做出殘忍的決定，又或者一切只是單純為了滿足自己想贏的渴望。他仍是那個在裘家軍為所欲為的莽撞青年，帝王該具備的城府與斷捨離，他涉獵未深，良心的苛責排山倒海，他幾乎夜夜無法安然沉眠。

邢霍斌曉得不論他有多麼冠冕堂皇、正氣凜然的理由，他永遠無法原諒自己將摯友送上死路的決定。

踏著月亮餘輝，身披暗夜的陰濕氣息，邢霍斌與邢國大軍以及裘家軍雙雙出征，雄壯的號角聲宛如弔唁他們的離去。東華城的存在對護衛皇城有顯著效用，邢霍斌被迫調動大量兵力前往救援。

守衛吉祥宮的護國將軍東方將軍易艷凰也隨行在側，東方將軍的主要職責在於保護邢皇性命，她必須如影隨形跟隨邢霍斌。當前吉祥宮的守衛工作則由負傷的北方將軍白垓固守。

時間已過子時，大軍在鄰近東華城的村落短歇。易艷凰站在烽火台上瞇著雙眼遠眺東華城。天色一片漆黑，萬物蕭條，卻仍能隱約瞧見到處都有野火竄燒。野火誠如鬼火，無聲燃起無聲墜去，慘嚎和戰呼傳入她的耳中，易艷凰鎖死的柳眉誠實說明她起伏的心境。

易家前任家主除了身為武狀元，更是協助先皇邢釋天平息肅神內亂的義軍之首，易家於內於外都是最適合擔當恪守皇室安危的東方將軍人選。易豔凰十九歲時因為易家無男丁，毅然決然以女子之身接下重擔，迄今表現尚算不過不失。

肅神內亂結束後，邢國國勢相對安穩，身為將軍的易艷凰沒有實戰經驗，對於上場作戰，她猶如處子，她惶恐，只能盡力將徬徨無助的感覺壓抑心坎。

「第一次上戰場，會怕嗎？」邢霍斌爬上烽火台，挑眉問道。

「陛下，艷凰只怕自己殺得不夠乾淨。」易艷凰拂起一綹擋去視線的烏絲，清秀的臉蛋滿是對犧牲人民的哀痛與剷除飛天的決心。

原是平民庶女的易艷凰，人在宮中心在民間，百姓的喜怒哀樂一直伴隨她成長，相較刻意封鎖情緒的皇家朝臣，她的情感自由奔放，邢霍斌對這樣的人向來備感親近。

易艷凰深吸一口氣，犯上擋下邢霍斌：「陛下，請容艷凰一問。」

「直說無妨。」

「裘昊天是陛下的生死之交，若真想找人查探敵情，亦可派艷凰過去，艷凰不懂您的想法。」

裘家軍隨邢霍斌御駕親征，裘家軍首領裘昊天卻沒在現場，裘昊天被邢霍斌派去執行秘密任務的流言自然在宮中傳開。對於裘昊天究竟是被委派甚麼任務，明眼人都能猜個十拿九穩。

搓到痛處的問題令邢霍斌的表情轉而苦澀。

「如果……有人能代替昊天，孤會毫不猶豫更換人選。孤不是沒有私心，昊天是孤的朋友，在父皇死後，與孤最親的人。昊天就像孤的親人，世上有誰願意眼睜睜讓親人送死？

可是在一介凡夫俗子前，孤還是邢皇！比起朋友、孤的生命，孤必須將邢國的福祉放在第一順位。探查飛天動向是必要的，而孤……只是以邢皇身分遴選最適合執行此任務、最有可能成功的人，僅此而已。」

易艷凰頷首，平穩的聲調飽含憐憫與認同：「有道是『生死有命，富貴在天』。明知世間常理如此，我們還是希望能盡可能扭轉命運。不論手段多卑劣或者多正義，說穿了我們就是懼死。也因為懼死，我們的眼光狹隘，只想顧全自己，枉顧他人。請陛下寬恕艷凰的無知，艷凰沒能跟上陛下的高遠眼界，艷凰總算了解陛下派裘昊天出任的用意。」

邢霍斌平靜回視，盡可能將語氣中自嘲的成分降至最低：「孤沒有這麼偉大，孤說穿也不過是以冠冕堂皇的理由將摯友送上死途……」

易艷凰盯著邢霍斌，邢霍斌無表情的臉上閃過難以察覺的陰霾，她將其捕入眼中，以最柔和的嗓音安慰邢國之主。

「請陛下別出言傷害自己。艷凰曉得陛下用心良苦。艷凰雖為東方將軍，實際上也不過一介平凡民女。艷凰代替天下蒼生向陛下致謝，謝陛下願意為百姓犧牲一切。」

「真正犧牲的人是昊天而非孤。」邢霍斌起身準備結束話題，離開前回頭道，「艷凰，妳是個好女人，戰事若能平安結束，孤應該找個人將妳許了才是。」

「那也得有個相襯的男人出現才成。」易艷凰微笑，「艷凰在此謝絕陛下美意。在艷凰繼承先父東方將軍職位後，便發誓自己要成為『觀世間音響』之人，在艷凰解救普天蒼生前，艷凰不會成家、放棄保家衛國的信念。」

曙光劃破天際。

太陽帶著勝利與希望的光芒衝破陰雲密布的蒼穹，戰鼓響起，巨大的破城鎚狠狠撞擊緊鎖的城門，如同滂沱大雨的箭矢朝城牆襲來。

邢國的士兵本來恐懼飛天而怯戰，正式進入戰場前心裏想的莫過是能躲則躲，然而當他們親眼看見往昔輝煌的東華城現今的衰敗模樣，恐懼早已被他們拋諸後頭，他們心中剩下的只有強烈仇恨，欲求為百姓、邢國討回公道的決心。

強悍的劍兵舉起盾牌無畏向前衝刺，爬上樹梢的弓箭手於後方以箭矢為其掩護。飛天騰空閃躲攻擊，天一直是她們的主場，她們掌握邢國士兵難以進犯的制空權，飛天的攻勢承襲高空優勢加倍猛烈。

頭顱被砸得稀爛，屍體堆積如山，箭矢消耗完畢，弓箭手的任務結束。盾陣退下，騎兵成為次一波主力。邢霍斌一馬當先衝向戰場，他揮舞軍旗激勵士氣。

「邢國的將士，跟著孤一同向前衝刺！」

邢國將士初次見識年輕君王在沙場衝鋒陷陣的英姿。陽光灑在他颯爽的俊秀臉龐，野鳳劍身的銀光與碧璽的綠光縈繞戰場，眾人為邢霍斌周身縈繞的光輝震懾。污血四濺，邢霍斌揮舞野鳳的身姿猶如精湛舞藝，每一劍都狠準地為敵人帶來致命傷害。

邢國士兵此時才真正體認到他們的年輕君王會的不是花拳繡腿，而是苦練多年、讓他們望其項背的絕妙戰技。

「艷凰！後頭！」邢霍斌吼道，他的怒吼未被嘈雜的亂鬥打散。易艷凰機警回首，手中的劍比她轉頭的速度更快，利刃橫劈，將飛天的頭顱一斬為二。

「好身手！夠刁鑽！」鍾楚讚許，信手扭斷懷中飛天的頸子。

「你不會見到比我更刁鑽的女人。」

易艷凰笑道，右手迅速從箭矢筒中抽出羽箭，她先用力將箭矢插入撲來飛天的眼珠，再一把抽回架上弓射出，箭矢與眼珠連同血絲劃出完美弧線。易豔凰再次拉弓，未刻意瞄準的羽箭精準射入穹中飛天的心窩。

裘家軍齊聲高喊：「享受徘徊生死的快感吧！諸君，讓我們揮灑熱血，更讓我們的敵人灑出渾身血液！」

無邊際的仇恨與暴亂攻勢一波接著一波，人類大軍的優勢是人數與決心，飛天的優勢是體能與制空權，優劣相伴下戰況更加膠著。

邢霍斌朝天遙望，戰事最大變數就是那群數量不明、有能力使用術法的飛天。戰況如此激烈，卻未見飛天以仙法扭轉局勢，邢霍斌感到不安，他思考這是否可以大膽推測飛天中擁有仙法者其實是相當少數？如果裘吴天這趟崑崙之行能得到確切數字再好不過。

哪裡的戰況危急，邢霍斌便會奮不顧身前往支援。戰況遠比預設更為慘烈，邢國士兵死傷過半，裘家軍成員雖然沒有重大傷亡傳出，傷重以致不得不暫時退場的成員亦不在少數。

護國將軍易艷凰陷入膠著戰鬥，自顧不暇的她無法恪守她東方將軍之責——守護邢皇。惶恐與不安攫佈她的心思，她一面分神看顧，一面交戰，很是傷神。

「陛下小心！」

笑得嫵媚的飛天挾帶風暴往邢霍斌的腦袋一手劈下，纖纖玉手堪比利刃，一旦捱上，非死即傷。

邢霍斌不只劍藝超凡，更能僅憑風聲與殺氣準確判讀敵人位置。戰鬥時，皮膚的觸感、嗅覺、對濕度的感覺，全部成為他的眼睛。間不容髮之際，邢霍斌馬背上一個側身，左腳靈敏倒鉤敵人雪嫩的頸子，似曾相識的招式重現，飛天被他單腿勾下地。邢霍斌舉劍，野鳳劃出奔放又優美的圓弧，劍起頭落。

「哈哈！那是昊天的招數吧？只有那小鬼才會用這種下三爛招數！」鍾楚大笑。

易艷凰此時將武器換成長槍，她以男人也望塵莫及的臂力射往前方，一個全身插滿箭矢的飛天閃過長槍放手一搏奔向她。易艷凰抽出死去隊友身上的鐵斧順勢砍下，極為沉重的一擊，飛天當場被劈成兩半。

然而莽撞使用不熟悉武器的輕率舉動立即招致報應。易艷凰察覺筋脈不自然抽痛，她更發覺自己的手腕已經沒法使力，她握不住劍柄，更抓不起盾牌。見易豔凰神色有異，機不可失，三名飛天即刻帶著破空疾風朝她呼嘯而至。易艷凰眼眸緊閉，準備挨上致命一擊，她不會吭疼，她不要讓進犯國土的仇敵在殺她時因為她的恐懼綻笑。

時間靜止須臾，易艷凰感受被人摟著的炙熱體溫。易艷凰瞪大眼瞳，邢霍斌不知何時將她擁入懷中，並敏捷攔起她的腰反向跳去。

易艷凰慚愧發現身為保護邢皇的東方將軍，怠忽職守的她反而受主子援救。

邢霍斌以略帶譴責的口吻道：「在戰場上閉起眼睛跟背對敵人都是兵家之忌，艷凰，妳的作戰經驗不夠。天無絕人之路，不到最後一刻，孤不允許妳輕易放棄求生意志。」

「唔……」

易艷凰還來不及回答，另一名飛天又襲上她們。她身為武人之後的直覺告訴她對方與其他飛天不同，而她的直覺瞬刻獲得證實。

這位讓易艷凰直覺不對勁的飛天帶著儼然不可侵犯的冷豔笑容，她勾起纏繞手腕的鵝黃羽衣，絲緞靈動，如蛇捲起千萬風暴而來。那絕非普通的攻擊，羽衣彷彿有生命，藉由飛天手腕的些微動作改變行徑方向，溫潤的鵝黃帶著火光，速度之快令人防不勝防。

「危險！」

抱著暫失戰鬥能力的易艷凰使邢霍斌無從閃躲，易艷凰咬緊牙關，順勢一推，爆發力讓她與邢霍斌兩人的位置前後反轉，易艷凰以肉身代替邢皇挨上那一記攻擊。易艷凰渾身冒出火燒的黑煙，潰爛的背部鮮血淋漓，易艷凰卻感到滿足，她還了邢皇方才的人情，又以肉身相護恪盡東方將軍職責，她無愧東方將軍之職。

易艷凰咬緊下唇，不讓疼痛的呻吟溢出口中。

邢霍斌甚火，他抽起易艷凰的佩刀，在那道駭人的鵝黃羽衣二度挾風暴襲來之際攪和其中，綾緞纏上配劍，熱度使金屬閃爍騷動色彩。邢霍斌以劍扣死羽衣，凌空的飛天被邢霍斌連人帶羽衣拉了過來，在距離極近之時，邢霍斌右腳高抬，喪失紳士風度狠狠踹中飛天自豪的姣好臉蛋。

邢霍斌將受傷的易艷凰安置一旁，神情冷酷地走向那名被他制伏、進入彌留狀態的飛天。他毫不憐香惜玉踩住對方咽喉。邢霍斌蹲下，右手扣住飛天下顎讓她失焦的視線與自己對上。

「使用羽衣，正是妳的術法，對吧？」邢霍斌的聲音不帶任何憐憫。

飛天不作聲，坦然的神情讓答案不言可喻。

「妳們並非全體都能使用仙法攻擊對吧？告訴孤，在妳們之中有多少人能使用法術攻擊？」

斷斷續續的聲音從被壓迫的喉嚨擠出：「告訴你……無疑是……背叛……殛天芙蓉，我不想……死在她的震怒之下。」

邢霍斌的聲音冷酷到不像出自他口中：「橫豎都是死，死前做些善事說不定能淨化妳無可救藥的靈魂。想清楚再回答，天，妳回不去，妳希望死後墜入地獄受紅蓮業火焚燒千年嗎？

不然孤換個問題，殛天芙蓉的能力是什麼？」

飛天露出將死的慘烈笑容：「施與受……」

留下語焉不詳的字句，她歪頭，表情止於此，眼前死去飛天的肉體突然急速老化，邢霍斌啞口看著眼前擁有搖曳身姿的女性轉眼成為滿佈死皮的佝僂老人。

「難道……使用仙法對她們是玉石俱焚的攻擊？」邢霍斌不解地喃喃。

東華之戰在裘家軍與邢國軍兩相聯手下，獲得前所未有的勝利。易艷凰雖然受傷，卻不至有性命危險，腕部的撕裂傷軍醫保證只是嚴重拉傷，痊癒後不會影響她的生活，實為萬幸。

眾兵開心的談笑風生，半毀的東華城洋溢不合襯的歡樂。

邢霍斌右手持劍緩緩朝天高舉，透著即將消失的曙色，野鳳上頭雕刻的淩空鳳凰展翅高飛。東華之役，邢霍斌知道他勝在友人支持，若不是裘昊天將裘家軍交給他、若不是易艷凰捨身擋住那道攻擊，局勢可能全然改變。

這回，他受眾人幫助死裡逃生、獲得勝利，而另一頭，隻身獨影的摯友是否也能如此順利，如鳳凰展翅飛翔嗎？

「昊天，希望你一切平安。」

邢霍斌看著野鳳的綠光，輕聲呢喃。

※　※

盛夏與寒冬最容易使情緒劇烈起伏，我挪動久坐僵硬的身體，倦怠感油然而生。

在略嫌躁熱的茶館，聽眾居然只增不減，我曉得神話般的故事本來就是人們最喜歡的題材之一，尤其說書的我，對他們又是一個截然陌生的男子，更增添故事的神祕感，讓他們欲罷不能。

「平定東華之亂付出的代價就全局觀來實在不足為提，就算邢霍斌不費吹灰之力平定此地作亂的飛天，也無暇慶賀。擒賊要擒王，飛天的領袖殛天芙蓉至今仍未親自現身邢國，思及此，邢霍斌毛骨悚然。」

我難耐口燥舉杯飲盡，率性將茶杯扔回茶桌，杯壺相撞，差點裂開。嚥入口中的茶水回甘有勁，荷葉香自喉頭噴回鼻腔，在我喝過的茶中算是極品，想必所費不貲！

左側的黃花閨女無垢的雙眼閃爍期待光芒，我一向了解如何讓故事戲劇化呈現，討好聽眾，演練多遍自然熟能生巧。

「邢霍斌御駕親征的章回在此先告個段落。各位應該對裘昊天的現況非常好奇吧？好！今天我就滿足各位，來說一說裘昊天究竟在幹甚麼。

進行祕密任務的裘昊天，將在始料未及的分歧點，與楊燦、李雀二人的命運緊緊結合在一塊……」

※　※　※

「哇！」

染滿人類斑斑血跡的長衣帶刷過楊燦的臉頰，他不禁放聲尖叫。

「還有時間鬼叫！省點力氣跑吧！」李雀沒好氣回吼，她迴身閃過一名持劍飛天，暗自慶幸自己又逃過一次死劫。

李雀深知楊燦的實戰技巧遠不如自己，能活到現在全拜他的「佛之禮物」。可惜佛之禮物的殺傷力雖然驚人，卻是傷敵七分損己三分的兩面刃，若不是陷入死胡同，李雀嚴禁楊燦使用這項發明。

最後一縷餘暉被黓黮吞噬殆盡，兩人明顯感受體力大量流失，即將昏沉倒去。楊燦與李雀已經跑上數天，本以為最多五日便能抵達吉祥宮，無奈路上不是遇到趁亂打劫的山賊，要不就是不巧撞上零星的飛天，搞得他們不斷繞道，旅程因此加上好幾倍。

他們原本想進入森林躲避，無奈荒濁年將飛天鎖死於低空，她們在枝葉密布的森林裡又行動不易，李雀和楊燦這對難兄難妹還沒得到森林庇佑就先遇上一小隊飛天追殺，儘管人數不多，卻足夠對他們造成性命威脅。

好在一開始飛天的攻擊戲弄勝於奪命，傷害不大，使兩人有足夠時間暗想對策。飛天與李雀、楊燦之間逐漸變成拉鋸戰——李雀和楊燦的單薄戰力無法殲滅飛天，飛天也無法達成殺害他們的目的，兩方人馬你追我跑。

「我覺得……再這樣跑下去……我們遲早會被那群娘們痛宰！我的腿快斷了，我快跑不動了！」楊燦哭喪著臉。畢竟兩人連跑多天，鐵打的身子也吃不消。

「要不然你還有除了逃跑外的其他辦法嗎？白痴！有力氣抱怨就多跑兩步！」李雀感到委屈，她一個小姑娘都沒喊累，楊燦居然有臉抱怨！

「我——啊！」忽地，在李雀眼前的楊燦瞬間消失，李雀還來不及反應，便感覺腳下一空——逃跑的兩人只專心顧著天上威脅，沒注意到地面有一個深不見底的坑洞，失足踩到坑洞的兩人雙雙跌入坑洞。

「這是什麼鬼東西——」李雀失聲大叫，一路下墜。

「痛死了！」

李雀怒罵，從洞口摔至洞底滋味真是新鮮，但她絕對不想再經歷第二次。她感覺手肘一陣吃疼，李雀顫抖看往手肘，整條手臂鮮血直流。她恐懼地摸了摸手肘，好在只是外觀看來恐怖，傷口並不是太深，骨頭更好運沒斷！以一路磨擦洞壁下來的經過看來，傷勢輕微到讓李雀想親吻洞窟表達感謝。

「重死了！重死了！妳可不可以先下來？」

李雀身下傳來楊燦的痛苦哀嚎，她摸摸鼻子，難怪覺得洞底柔軟舒適，原來是先她下來的楊燦被當成最好墊被。

「居然嫌我重！在這種危機時刻你還能與女性有肌膚之親，你該向菩薩好好道謝。」

李雀從楊燦身上跳下，口中不忘加上幾句牢騷。

李雀仰頭一望，害他們落下的大洞如今只剩下銅幣大小，李雀歪頭盤算爬上去的成功率與可行性到底多高。

「咳咳咳！」楊燦吃力坐起身，他捂住嘴，鮮血從指縫間不停溢出。

「楊燦！」李雀花容失色尖叫。

李雀突然發現自己該親吻的不是洞窟而是楊燦，從那麼高的地方摔下來她竟只有手臂擦傷，不是出於幸運而是楊燦當了她的替死鬼。

「……肋骨似乎斷了。」他虛弱地笑答。

楊燦低喘，每當他一喘氣，胸腔的疼痛便更為劇烈，就連維持性命的呼吸也變成致命酷刑。

「就說你是笨蛋！」李雀撕開衣袖用力綁住楊燦的胸膛，楊燦的嘴唇跟臉色慘白無比，李雀倔強忍住淚水。

李雀的心亂糟糟。為什麼不論她多麼努力，換來的還是一再重蹈覆轍？她不想傷害任何人，更不想看到別人因為自己受傷。

「別、別哭……痛的是我又不是妳。」

急躁而強勢的李雀說穿也不過是名荳蔻年華的感性少女，她看著楊燦怵目驚心的傷勢，眼淚一顆顆摔落，現在反倒是傷患在安慰對方。

待李雀穩住情緒後，楊燦也差不多將餘生規劃完畢。

「我們現在只……剩下……兩條路能走了……」

苟延殘喘的楊燦由李雀攙扶靠向洞壁，楊燦借助石壁支撐挺直腰桿。李雀此刻才發現，這個洞不僅深，其實也滿大的，其中更有大大小小的通道口，看來不像渾然天生反倒像人工開鑿。

「第一種選擇嘛……就是我扔妳飛上去……妳去上面跟飛天拼個你死我活離開。請記得……三天兩頭丟點麵包、水給我，餓死不會比被飛天生吞活剝來得好。第二種選擇就是我們……把性命賭在這幾個洞口……我們進去裡頭探個虛實，結局不是死路一條就是海闊天空……我個人比較喜歡後者。」

「哼！兩種選擇還不是只有一種？」李雀擦乾眼淚。

「聽來我們有……共識？」

「那是逼不得已。」

李雀走到通道口前蹲下。貌似人力開挖的洞口又窄又小，一次頂多只能通行一人，中途高度亦可能驟降，或許還得使用爬行，要是通道突然坍陷，更是必死無疑。

李雀舔舔食指，她將濕溽的指頭接連放入兩個洞口查探，左方洞穴讓她感到風吹拂的沁涼感。

「走這裡。」李雀指指左邊的洞口。

「怎麼……決定的？」

「這裡似乎有風，有活路的機會比較大。」

兩人將命運賭在左側通道，一前一後吃力鑽入洞穴。洞內的狀況比他們預想的還要糟糕，蜿蜒又多碎石，爬了許久也沒看見光源，導致他們行進的速度非常緩慢。

楊燦的傷勢不適合長時間爬行，原本李雀要求楊燦先待在原地，由她獨自進入洞穴查看狀況，可是楊燦的一句話打消李雀身先士卒的珍貴情操。

「待在這？要是……飛天發現我，像剛才一樣使出仙法丟下來……我該怎麼辦逃？」

李雀無法反駁，只好讓重傷的楊燦一起受折磨。

雖然還未看到出口，不過他們通行的勉強算是順利，他們好運沒有遇上坍方，更沒遇見死路，這讓他們的希望茁壯。

「喂！楊燦！要是你能出去，你第一件想做的事情是什麼？」

李雀開口詢問，試圖讓楊燦忘記痛徹心扉的撕裂傷。

「……咳咳……咳，找……找大夫救我。」楊燦的願望十分合乎現況。

「……你的腦袋比我想像的還要清醒。」

※　※　※

一旁少女突然收緊相扣的手，我驀地停止故事，現在故事正進行到楊燦重傷、李雀與其踏上險途，對未經世事的少女確實過於刺激。是害怕嗎？如果是害怕，她那雙剔透無垢的瞳眸為何染上陌生的哀淒色彩？

我沒打算出聲詢問，驚訝歸驚訝，我又不是非得了解不可。

我保持坐姿掃視群眾，靜默一會，而後道。

「各位聰明的爺們心中應該有譜了吧？沒錯！楊燦與李雀兩人摔落的地方恰恰是唯一能通往崑崙大陸的暗道——廢棄的喜戎礦坑。

裘昊天在離開吉祥宮後，披星戴月趕往喜多山脈，他擁有的良駒影風，是匹能日行千里，懂人性的黑色駿馬。他日以繼夜趕路，彼時恰恰也進到礦坑坑道。」

餘光不經意瞥往少女，我驚覺那名少女大眼不眨地凝望我，她濕潤的杏眼使我有些揪心。那雙眼睛我好像曾在哪裡看過，但那個女人與少女外貌無一相似，她大膽、纖細，於戰場上奮勇殺敵。我大概是陷入一時傷神才會將少女聯想成她。

我以無人察覺的動作輕輕搖首，疑慮在心中揮之不去，本不想在意，卻不能理解自己這份心思從何而來。

「我來給各位爺們講講裘昊天與邢霍斌初次相遇的故事吧！一路講得都是打打殺殺，嚇著小孩我又怎麼好意思領賞？」

※　※

裘昊天手持火炬，以石灰在岩壁標註記號。少時他的確曾透過喜戎坑道潛入崑崙大陸，然而物換星移，正確通往崑崙大陸的通道他已然記憶模糊，所幸憑直覺走到現在，裘昊天還未重複看到自己標明走過與沒走過的記號。

「不知道外面戰況如何了？」他喃喃。

這路上裘昊天確定情況比邢霍斌與自己先前推測的更加危險。在前往喜多山脈一路上，他殺了不少飛天。飛天的數量雖然零星，然而從她們不斷入侵的狀況推判，邊境的防守就算沒有全然淪陷，少說失去大半。

「真是的！我怎麼那麼倒楣有一個如此麻煩的朋友，硬要我收拾爛攤子。」

裘昊天口中抱怨的對象自然是邢霍斌。他與邢霍斌的友情是從十一歲那年秋末開始。

「哦！真是稀客呀！天釋，怎麼有空到我這晃晃？不，該說你怎麼找得到我這？」魁梧的中年男人以如雷的聲音高昂道。

「跟著人民的抱怨聲就能輕鬆找到你了，裘狟。」

裘昊天對初次與邢霍斌相遇的記憶不算清楚，只能說依稀有個模糊輪廓。他記得當時自己為躲避老爹的艱苦訓練，偷偷躲到樹上。老爹兇神惡煞的尋人被突如其來的訪客打斷，那便是裘昊天首次見著當時的邢皇邢釋天以及尚是太子的邢霍斌。

他的老爹向來直呼前任邢皇邢釋天名諱，但他搞不懂人家明明叫釋天，老爹怎麼一直叫人天釋？

「裘狟，這是我的兒子——邢霍斌，他今年正滿十六。我想讓他暫時待在你這鍛鍊劍技，我知道你們裘家軍一向自豪你們的武藝。」

「哦？天釋的兒子？該不會也是個喜歡說大道理訓人的老古板吧？十六歲？我家那小鬼今年要滿十二了，說不定可以一起練習。不過那小鬼真令我頭痛，練習到一半就跑得不見蹤影！嘿！鍾楚！去把附近的樹都給老子搖一搖，看看昊天會不會掉下來。」

「不要搖啦！我自己會下來！」

看到鍾楚往樹叢走來，裘昊天慌張跳回地面，像是認錯一般，低著頭，走到裘狟身邊。

「天釋，你瞧瞧，這就是我家頑皮、不知天高地厚的臭小鬼，裘昊天。他娘死得早，裘家軍又都是漢子，沒人教他禮儀，你們這些老骨董多加擔待呀！」

「霍斌，跟昊天打個招呼。」邢釋天對自己的兒子道，神情和藹，語氣卻是命令句。

「你好，我是邢霍斌。」

討厭鬼。這是裘昊天對邢霍斌的第一印象。或許是同類相斥造成的排斥感，總之，裘昊天第一次見到邢霍斌的想法只有——好想給他來上一拳。可惜除非他也想讓裘狟來上一拳，不然還是遵循禮數好好與對方打招呼才是上策。

裘昊天不情不怨地輕踢草皮：「我是裘昊天。」

「好了！你們可以開始了！霍斌，別說我沒先警告你！昊天那小鬼打架完全沒有邏輯或者規矩可言，當心點。」

「喔！閉嘴，臭老爹！」

裘昊天雙手持劍，瞪著比他高上兩顆頭的霍斌。

與討厭的邢霍斌一起接受老爹訓練已逾三週，天曉得老謀深算的邢皇打的是什麼鬼主意？邢霍斌本身基礎扎實，功夫底蘊深厚，就算邢霍斌不到外闖蕩，純粹安分待在皇城勤練，未來也能成為一方劍聖！裘昊天猜不透到邢皇出於何種考量才將嫡子送到惡名昭彰的裘家軍鍛鍊。

裘昊天揮著劍，這兩只劍雙面開鋒，中間縷空的劍身非常輕，相當容易上手。兩把劍在陽光下反射璀璨光芒，風穿梭劍心，聲音猶如刺耳的悶雷。裘昊天緊緊捕捉邢霍斌的眼神，試圖從中推測對方接下來的可能動作。然而裘昊天在那雙黯淡色調的眼瞳中，只看見令人不寒而慄的王者風範。

電光石火間風向改變，裘昊天隨著風向揮出右劍，邢霍斌提劍擋下。裘昊天見狀左劍轉向朝邢霍斌的頸側砍下。邢霍斌已有所防備，空閒的左手抓住劍鞘抵擋攻擊，裘昊天攻邢霍斌守，兩人僵持不下。

「該死！」

明明角度有利裘昊天，力氣遜於邢霍斌的裘昊天卻無法突破重圍，他進退兩難，十足尷尬。不悅的裘昊天瞬刻抽回左劍，趁勢往後一翻，左腳猛力踢往邢霍斌的側腹發洩。

將比劃視為以劍對決的君子之爭的邢霍斌，完全沒有料到裘昊天會送上陰損招數，他狼狽踉蹌數步。裘昊天抓準機會，身子一彈，兩只劍高舉過頭，直接往邢霍斌劈下。

「我贏了！」

回神的邢霍斌，右手抓起劍鞘左手握劍十字抵擋，將裘昊天的突襲澈底封鎖。

「糟糕！」裘昊天心驚暗道。

裘昊天知道自己無法與邢霍斌做力量較勁，他趕緊脫離糾纏，反向跳躍而後翻滾落地，邢霍斌沒放過裘昊天毫無妨備的剎那，箭步跟上，劍隨即揮砍，裘昊天驚駭後退，重心不穩跌了一跤。

「痛死了啦！耶？」

正當裘昊天抱怨的同時，邢霍斌的劍梢已對上裘昊天鼻尖。

「是你輸了，昊天！」裘狟豪爽大笑，絲毫不訝異輸的人會是自己的兒子。

「可惡……」裘昊天漲紅著臉，不悅嘀咕，雙手拉起眼瞼，對裘狟與邢霍斌擺出他自認挑釁意味最高的鬼臉，落荒而逃。

「霍斌，真不是我要說，我家這小鬼非常不服輸！讓你見笑了！」面對兒子無風範的挑釁，即使是不特別在乎禮節的裘狟也覺得顏面無光。

「不，狟大叔，這是場很有趣的比賽，昊天以行動告訴我比試時不一定只能用劍。」

「那是那小鬼陰險的招術，正式場合別用，免得降低格調。」

所謂不打不相識，兩名出生迴異的青年正是以此建立深厚友誼。

「等戰爭結束後，霍斌，我一定要堂堂正正打敗你。」

裘昊天竊笑地暗自起誓，他裘家軍之首裘昊天，立誓終有一日要將一代邢皇打得滿地找牙。

※　※

「天山共色，獨絕山水，百花競秀，彩徹雨霽，任意東西。俱淨清煙，寒樹參天，游魚冷泉，冷冷激浪，盈視息心。」

冗長的爬行持續進行，斷裂的肋骨使楊燦呼吸困難，不得為之的爬行更讓他傷勢加重，楊燦沒有其餘選擇，只能硬著頭皮咬牙跟上李雀的步伐。李雀為紓解緊張與打發時間，輕輕吟唱楊燦不曾聽過的小調，楊燦仔細聆聽試圖分散對疼痛的注意力。李雀的歌聲有孩童的純真稚嫩，挺是好聽。

李雀透明的嗓音迴盪洞穴，楊燦隨著旋律於心裏哼唱，卻驚覺李雀口中哼唱的小曲歌詞無比妖異。

「霓裳羽衣，彩徹分明。媚笑風生，任意成韻，獨絕恬顏。
自給豐食，遊藝霞雲，豈曾料見無常來日？
驟然下臨，閭閻飄盪，啼泣悲鳴，碎首輔魂，泣血以兮。
淚盡寒驚，日日猶昏，可不哀淒，可不哀淒？」

那是一首以飛天為視角填詞的小曲，歌詞盡是訴說飛天的哀傷痛苦，壓根不可能由與飛天對立的人類譜曲填詞。

李雀自顧自低聲吟唱，身體的疼痛讓楊燦無暇分神思考，只能將疑問收於心底。

「我看到亮光了。」李雀打斷楊燦的思考。

裘昊天的眼睛捕捉到不自然薈萃的搖曳火光，不確定距離的聲響進入他的聽域，他即刻動作，企圖搶奪先機制伏對方。

聲音繼續前進，空無一物的周遭不見任何危機徵兆，等待是難以忍受的殘酷考驗，裘昊天感受脖根流動的風，當殘影一進入眼眸，他毫無忌憚揮劍自保。

亮銀長劍擦過李雀的頸子，要是再多那麼一步她就身首異處！李雀不自覺叫出聲。

「要死！」

「是……人類？」裘昊天看見李雀驚魂未定的稚氣臉蛋，與飛天實際面對面交戰過的裘昊天肯定對方不是飛天，趕緊將降龍收回劍鞘。

幸好在出洞口時，青苔讓李雀仰頭一滑，才讓裘昊天瞄準要害的刺擊略微偏去，要不然李雀早已見血封喉。

「喂！你！」死裡逃生令李雀原本繃緊的神經放鬆，憤怒情緒瞬間爆發。

「哪有你這種野人呀！看也不看就朝我刺來，死人了你能負責嗎？」李雀破口大罵，瘦小身軀盈滿大量能量，嗓音大得在洞穴內不斷迴盪加乘。

「我是正當防衛唷！倒是你們，沒事跑來這種鬼地方做什麼？現在飛天肆虐，提高警覺理所當然，妳哪能怪我？我從沒看過像妳這麼粗俗不懂禮數的女孩。」

面對破口大罵的李雀，好勝的裘昊天不甘示弱反擊。

「那、那個……誰先……先讓我……出、出去好嗎？要不然真的會死、死人了。」

楊燦的頭露出洞口，無力而痛苦地乾笑。

「你們怎麼會跑來這種地方？」

裘昊天倚著洞壁詢問，在楊燦苦命求救後，他出手幫助楊燦移動到較寬敞的洞穴，此時李雀正幫楊燦調整角度，讓他以不壓迫胸口的方式斜躺。

「另闢蹊徑或許好聽些？總之，我們在逃難。」

李雀屈膝坐起，將下巴靠往膝蓋。

「我是李雀，前戲班成員。旁邊這個沒死成的是楊燦，一座小神壇的道主，我們的家園都被飛天摧毀。」

李雀苦笑，鼻尖一酸，她硬是忍了下來。

「我們一路逃到神尊城，可惜那裡被飛天襲擊，屍橫遍野，無法躲藏。我們想逃往吉祥宮尋求庇護，沒想到路上倒楣，一直撞到飛天。我們不停逃跑，不慎跌入洞中，就到這了。」

「是嗎……」裘昊天略感質疑。

「那你呢？好端端怎麼會來這裡呢？你應該不像我們那麼倒楣摔進來吧？」

李雀毫無心機詢問。

裘昊天餘光瞥往李雀，飛快編出一套誇張藉口：「我叫裘昊天，為什麼來這嘛……因為我從我老爹那兒繼承一卷藏有我裘家傳世珍寶的古圖。生死有命，富貴在天，天要賜我金銀財寶，我怎能不要？我順著古圖指引來到這，寶藏還沒找到，先陰錯陽差與你們撞個正著。」

裘昊天揚裝嚴肅表情，希望能以這種玩笑方式蒙混過去。此次任務事關重大，容不得分毫閃失。

李雀年幼但世故，她朝裘昊天投以懷疑目光，裘昊天則回以事實如此，相不相信隨緣的鬼臉。

楊燦的目光直盯裘昊天的腰間配劍，一介江湖道士的他閱歷豐富又有過人直覺，他不相信一名在戰亂時代仍醉心錢財的紈褲子弟耍起劍來如此熟練，招招攻人要害，楊燦知道裘昊天的真實身分必然不簡單。

「噓！安靜。」

裘昊天忽然以掌根壓住李雀雙唇，他壓低聲音，神色嚴肅略帶慌張，楊燦亦強壓梗在喉嚨的疑問，豎耳傾聽。

窸窣聲透過空氣及土壤傳來，裘昊天彎下身將耳貼地，凝神諦聽，整齊雜沓的腳步聲自遠方傳來。

他不自覺握緊降龍，裘昊天發現自己的掌心全是汗水。整齊劃一的步伐聲能透露非常多訊息，除了腳步聲的擁有者對訓練有素、數量更不只是兩三人！絕對不會是李雀、楊燦等誤入之流，肯定是蓄意進入喜戎礦坑。裘昊天知道自己的任務艱鉅，有了他，邢霍斌也不可能再派探子，想必來者不屬於人類這方。

裘昊天無聲建議：「我們先往裡面退，後頭有道石縫，坍塌的石叢應該能掩飾我們的身影。先躲再說。」

李雀知道狀況不對，慌忙和裘昊天一左一右扶起楊燦往洞窟深處走去，兩人先將楊燦安置妥當，才前後躲進石縫。

「現在怎麼辦？」李雀渾身發顫。

「先看看來的是甚麼人，再決定怎麼做。」

裘昊天將身子微微探出洞外，腳步聲越來越大，洞壁為之震動，土屑承受不住滾落。果不其然，來者是一小隊飛天，人數約十來名，機動性極高，裘昊天猜測她們來邢國的目的多半是偵查，就跟他一樣。

領頭的飛天相貌出眾，薄唇鮮紅似淌血，腰身纖細，鳳眼盈滿狡詐惡計，毫無憐憫之心，周身氣勢蔑視萬物。

她們穿著輕薄的霓裳羽衣，豐滿的胸脯呼之欲出。比起感官刺激，生存恐懼更加震撼身為男性的裘昊天。

「綬官大人，依據殤官大人給予的訊息，我等按圖索驥，前方通道狹窄，恐怕得爬行而過。」

綬官身側，捧著地圖的飛天畢恭畢敬道，綬官滿臉不耐。

「殤官是存心捉弄我嗎？我身為飛天卻被逼迫用腳步行，現在還要逼我下跪？欺人太甚。」

綬官的聲音高亢尖銳，摧毀觀者對她聲音的美好妄想，她拂起髮絲，殺戮的微笑洋溢。

「也罷。待我攫獲邢國之主，殛天芙蓉必定給我豐厚賞賜以及令殤官也眼紅的權力，屆時我便能好好折磨她。大夥，暫且在這好生歇息，儲備體力。」綬官滔滔敘述。

裘昊天的雙眼以堅定意志眺望。避敵是最佳策略，但他不能替邢國遺留禍患。裘昊天略為點算敵人數量，困難地吞嚥唾液。

裘昊天於腦中盤算各種可行計策，只有一種方法生還機率最大卻也最無人性。裘昊天拳頭緊握半晌，最後他收起惻隱之心，冷冷回望後頭的李雀。

「我要去解決她們，妳過來幫我的忙。」裘昊天以唇語同李雀道。

「你發什麼瘋？躲在這邊等她們滾蛋不就成了？」李雀只差沒罵出聲。

裘昊天單手按上降龍示威：「不幫我的忙，我就把妳丟出去。」

他從沒寄望李雀能成為自己的得力助手，裘昊天讓李雀充當即用戰力只是想讓她當誘餌吸引敵方注意。必要時，裘昊天知道自己可以非常冷酷無情。

「妳的決定如何？馬上死還是撐一會兒再死？」裘昊天仍舊以唇語恐嚇李雀。

困在這裡的他們，被飛天發現也是死路一條，但與對方正面衝突絕對不會是明智之舉。李雀以眼神向楊燦求救，傷口再次滲血的楊燦不知何時進入半昏半醒的昏迷階段，李雀突然覺得自己孤獨無助，就像從前。

楊燦即將彌留的痛苦表情讓李雀回憶起自己拋棄奮戰中的同伴掉頭離去的剎那，她再次意識到自己罪孽深重，李雀曉得眼前所有艱困磨難都只是她拋棄同伴的因果報應。

「好，我幫。如果……我不幸死在這，請你護楊燦周全。」李雀忍著想哭的衝動，無聲懇求裘昊天。

「……好。那就說定了。」裘昊天強壓對自己的厭惡，冷靜回話。

不帶吆喝、沒有任何多事的開場白，裘昊天和李雀從石縫中鑽出殺進，在這狹窄又坍方的坑道，主動攻擊才是最佳的自我防禦。飛天錯愕敵人的出現，卻沒讓裘昊天等人占到太大便宜，陣勢隨即擺開，天生的好戰靈魂讓她們馬上進入狀況。

降龍出鞘，裘昊天毫不寬容將一名飛天斬倒，並肩的另一名飛天襲向李雀。李雀右腳一蹬，隱藏鞋底的尖刀彈出，劍尖一刀劃去，傳回的觸感卻未有擊中的實心感。

裘昊天鑽到側邊，試圖將敵人帶往後方。他知道在狹窄空間殺一個算一個，若真的寡不敵眾，就要讓飛天轉移目標，楊燦和李雀就是萬不得已的替死鬼。

為了完成任務，裘昊天可以極盡冷酷，但他不想讓自己失去人性。

礦坑的地理環境將飛天的先天優勢消弭，撇除棘手的以寡敵眾，以武維生的裘昊天在戰場才能發揮生命光彩，每一次揮砍都是在對所有人證明他的價值，他感到踏實，越戰越勇。

不習慣戰鬥的李雀喉嚨逐漸乾渴，急促的心跳與呼吸聲將她的緊張詔告天下，丹田灼熱難耐，面對數量龐大的敵人她無力招架，但若是放棄抵抗，任由感性擺佈，結局肯定又是死路一條。

她不想支離破碎死在這。

李雀咬緊牙，迅速縮起身跳向敵群，腳上的尖刃凌空圓斬，她戰鬥的模樣就如祭典狂舞的赤足少女，又像在樹梢輕盈跳躍的雀鳥。

冷風倏地擦過，李雀紅潤的臉頰被飛天銳利的指甲掀起一層皮。她臉色刷白，她沒有看見是誰傷了自己。

憑藉空氣流向與地面震動，裘昊天總能更先預知敵人的下一步動作。就算方為少年，裘昊天好歹也是身經百戰的裘家軍成員，他的實戰經驗豐富，絕不懼怕戰鬥。多年的習武經驗早讓裘昊天將恐懼二字拋諸腦後，想贏就要進攻，想要進攻就絕不能退縮！只有拚死向前才能換回活路！他一次次搶先敵人踏出致死的恐怖步伐，以身陷險境謀得生機。

明明是敵眾我寡的劣勢，裘昊天卻越打越起勁。他知道自己沒有退路，倘若自己退了、敗了，這群精銳部隊將直搗吉祥宮，屆時人類也將被逼到死胡同，裘昊天明瞭自己橫豎都不能輸！

裘昊天當然懂得敵暗我明的螳臂擋車之舉有多危險，他開始認真思考是否要將李雀與楊燦的命送上，自己再藉此良機先行逃難、再趁飛天疏於防備給予致命攻擊？

李雀被打得節節敗退，她努力將飛天的吸引力拖離後方，試圖為楊燦掙得更多活命機會。李雀唯一的優勢是她瘦小的體型，她在飛天間穿梭自如，抓準機會再劃上幾刀。可惜傷殺力不大，反倒激怒飛天。

「當心！」

裘昊天左腿橫踢絆倒李雀，飛天致命的指尖從她的鼻頭上方削過，李雀慘白的臉蛋滑落冰冷汗珠，降龍刺穿敵人胸脯，裘昊天再一腳頂起李雀的膝蓋，將她帶回站姿。

躲在後方的楊燦看得膽戰心驚，幾個短暫過招就讓他肯定裘昊天絕對不是想來尋寶的富家大少，他的武藝精湛，足夠以一擋百，他與李雀實在太過累贅，三人想要平安脫身簡直難如登天。

李雀的小臉蛋無聲透露她的恐懼，她知道自己根本不是眼前飛天的對手，她既不想死又無逃生之計，硬著頭皮上場只有挨人打的份。李雀曉得她需要一些契機，一些能讓她反守為攻的契機！

李雀餘光瞥見地上碎石，靈機一動以腳尖掃起。碎石滾著沙塵散入飛天眼簾，她們痛得哀嚎，兩眼下意識闔上，李雀抓準機會直拳打上對方心窩。

另一邊的裘昊天此時陷入超常戰鬥。他正與空氣對打！裘昊天的劍屢屢畫過無人空間，又在毫無敵人攻擊下連連閃躲。楊燦看得目瞪口呆，他絲毫不解裘昊天怎麼會出現如此怪異的舉動？

「……怪了……起乩不是我的工作嗎？」

胸口的疼痛讓楊燦皺眉，雖然他是傷患無法上戰場，但若兩人敗退自己也無生還可能，楊燦知道自己必須想辦法貢獻一己之力。

裘昊天以極快速度移動，降龍在空無一人的環境綻放金鐵撞擊的微妙光采。他行雲流水的與不可見的敵人過招，無形攻擊一再掠過他的要害，也一再被降龍彈開。

攻擊停止，綬官憑空出現，謎底揭曉，原來方才與裘昊天過招的無形敵人正是綬官！

李雀錯愕，她不懂綬官怎麼會憑空而出。裘昊天似乎見怪不怪，他從容的神色彷彿早已摸清敵人底細，裘昊天舉步向前，降龍對準綬官，不給敵人可趁之機。

綬官洋溢微笑，那抹笑容是給予棋逢敵手的讚賞：「竟然有辦法跟上我的速度？我是飛天四姝的綬官。你的名字我沒興趣知道，記死人的名字對我沒有任何好處。」

她的臉細長如杏花花瓣，眼神尖銳而冷酷，那抹不懷好意的勝利微笑讓她美麗的臉蛋扭曲，剩餘的飛天於綬官身後齊聚，儘管裘昊天與李雀已經解決不少敵人，仍不改懸殊的敵我數量。

李雀顫抖站往裘昊天身後，她好氣無能為力的自己。

降龍的藍色寶石閃爍生機盎然的光芒，與現今的慘況形成諷刺對比。裘昊天露出無奈的微笑，並非他武藝不精、並非今日敵人數量多到讓他措手不及，一切只是錯在……他誤交損友。

裘昊天笑的無奈，他以不慍不火的口氣向綬官展現裘家軍氣魄。

「多說無益，來戰吧！」

語未畢，裘昊天即以迅雷不及掩耳的速度執劍對準綬官的心窩突刺。在綬官現身之際，裘昊天就已經做好打算抓準對方分神空檔出其不意突襲，他自始自終抱持的唯一念頭都是擒賊先擒王！

只可惜飛天的奇妙仙法並非旁人過幾招就能理解箇中玄妙，速度是綬官獨特的仙法，她將所有能力專注凝聚，轉眼脫離裘昊天的劍擊範圍。

綬官那抹傲慢而嘲諷的微笑成為殘影，瞬即消失在李雀等人眼前。

裘昊天不是省油的燈，多年習武經驗讓他懂得在戰鬥中同時運用五感；裘昊天並非單純利用雙眼捕捉敵人動態，他的眼睛遍佈全身。鼻子嗅著血的腥味、殺氣刺膚的疼痛、耳朵聽見的風聲轉向……這些全是他的眼睛，使用五感追敵是武者的最高境界。待綬官消失的下一刻，裘昊天立即捕捉到對方去處，立馬一個箭步追上。

儘管有些許訝異，綬官仍不將裘昊天放在眼裡。她將裘昊天追上自己當作僥倖而嗤之以鼻。綬官對自己的速度極為自信，她也的確佔有壓倒性優勢。綬官餘光瞥見陷入膠著纏鬥的李雀，腦中頓時浮現一則她愛到瘋狂的陰險點子。

她運用非人的急速衝至李雀背後，纖手勾起對方衣領，再用力將失去平衡的李雀拋向裘昊天。瘦小的李雀騰空飛起撞上迎來的裘昊天，兩人雙雙摔跤絆在一塊，一箭雙鵰。

被突然飛來的李雀打亂戰鬥步伐的裘昊天急忙爬起，卻錯失反擊的第一時間。綬官高傲俯瞰兩人，皓齒森白，朱唇輕啟——

「鎮殺。」

綬官麾下的存活飛天全朝裘昊天、李雀撲來。

躲在石縫的楊燦沒漏看這一幕，他不曉得負傷的自己還能有什麼錦囊妙計逢凶化吉？他急得發慌！

該怎麼辦？再這樣下去，李雀與裘昊天絕對會被殺到屍骨無存！楊燦捂著胸口自問，思緒突然清明，橫豎只剩下一種方法力挽狂瀾。

楊燦從內袋掏出佛之禮物，倚著石頭撐起身。

在這麼小的範圍內使用佛之禮物，恐怕他與裘昊天一行人也凶多吉少，但情況已別無他法！楊燦口念佛號，心念一定，探頭朝李雀等人大喊——

「李雀、裘昊天，你們趕快找遮蔽物躲好！佛之禮物要來了！」

楊燦語尾未落，佛之禮物弧線進入戰場。李雀連滾帶爬將身體塞入一叢石堆之後，不知佛之禮物為何物的裘昊天機敏照做。

飛天全在佛之禮物的影響範圍，一切發生於須臾，圓弧墜地的佛之禮物破裂，轟天巨響尾隨爆發。

飛天，人類欽羨的生之天女者。她們白皙如玉的體膚被火焰削蝕，醉人身軀撞上洞壁拉出長長血痕。離佛之禮物最近的幾名飛天，碎肉與腦漿噴散，石洞內血紅黏膩。

綬官運用高速擺脫火焰糾纏，超越承受極限的速度使她筋脈血管盡數浮凸，她的雙眼被令人提心吊膽的血色佔據，殘酷妖異的美感籠罩著她。

裘昊天無懼火焰風暴穿梭火中，僅以兩隻胳臂擋著祝融侵襲。裘昊天衝向敵人，忙著甩開焰火的綬官分身乏術，完全沒察覺裘昊天的逼近。

裘昊天俯身鑽入綬官懷中，降龍一使，長劍刺穿她的胸脯。待降龍完全沒入綬官心窩達到斃命效果，裘昊天將劍從中抽出，右手一擺讓血污甩向地面。鮮血自傷口噴發，他面無表情目睹綬官的死，他神情冷漠，不帶任何竊喜的放鬆感。

對裘昊天而言他只是殺了一名敵人，離完成艱難的任務沒有絲毫幫助。

剩餘的飛天狼狽不堪，膽怯的眼神明顯表露她們動搖的心。被譽為飛天四姝的綬官、她們的隊長已死，惶恐的她們不知如何是好。

「來場大反攻吧！李雀！」裘昊天怒吼，綬官的卑鄙舉動折損他身為戰士的驕傲，裘昊天決定將任務拋諸腦後，先將怒火發洩在殘活的飛天身上，殺個痛快再說！

反守為攻的局勢讓李雀為之振奮，她兩手打了打自己小巧的臉蛋強迫自己專注，她的眼神散發活力，她知道這回自己又能活下去！一定能救活楊燦，救活同伴！

「謝了！楊燦！」李雀朝楊燦致謝，臉色毫無血色的道士對兩人豎起大拇指。

李雀從一旁的飛天屍身奪回飛刀，細嫩小手緊握飛刀，騰起炫麗的圓圈，李雀如舞地將死亡帶予敵方。裘昊天的降龍氣勢凌人，飛天被他打得毫無還手之力。裘昊天再次確認一件事——像綬官一樣能使奇怪術法的飛天並非多數而是極少數。

激烈戰況使裘昊天等人忽略不斷鬆脫的土石，直至一枚與銅錢等大的石塊砸至楊燦鼻尖，訝異抬首的他才真正察覺危機。

洞頂的岩壁蠢蠢欲動，佛之禮物的後遺症出現了。

「李雀、裘昊天，洞穴要坍方了！」楊燦大喊，他的警告沒有多大助益，土石崩陷的速度並非常人所能應付，就算是以速度自傲的綬官也不一定能死裡逃生。

口乾舌燥與緊張讓楊燦無法即時喊出聲，待他喊出聲時，石塊早已坍落，沙石飛揚，他甚至沒有看見裘昊天與李雀是否即時找到遮蔽物保護自己。

楊燦雙手抱頭，任憑石塊砸向他早已傷勢重重的身軀。

第五回：崑崙大陸

「各位爺們休緊張。」

在重要時刻打斷是我改不了的壞習慣，底下大眼瞪小眼的聽眾令我不自覺勾起嘴角。

那名少女依舊用著怪異神情看著我，我略帶挫折地自頭到尾澈底檢視自己究竟哪裡不得體，惹來她這般關注。

檢查半晌便作罷，因為沒有一個地方不怪。

我收斂情緒，頷首繼續。

「李雀、楊燦、裘昊天三人可謂九命怪貓，或說老天還未打算讓他們命絕。三人命大自坍方洞窟活著出來，雖然多了些大小傷，終歸值得慶幸。

三人打喜戎礦坑出來，映入眼簾的竟是桃花仙境。氤氳水霧，百花芬芳，一切就像李雀唱的小曲一樣——

「天山共色，獨絕山水，百花競秀，彩徹雨霽，任意東西。俱淨清煙，寒樹參天，游魚冷泉，冷冷激浪，盈視息心。」

「說到這小曲……」茶館掌櫃將舒展透徹的茶葉清除，添入新的茶葉，「小的方才就想問，為何李雀姑娘會唱這樣的曲子？小曲無疑將飛天的性情、哀痛刻劃的入木三分，究竟是誰替這曲填上詞？」

「掌櫃的，你好好的茶館生意不做，居然跑來跟我們聽故事？」

熟客開起掌櫃玩笑，掌櫃修養佳，巧妙應對。

「小的也不願意呀！誰叫先生的故事實在精彩，小的想裝忙也裝不下去！茶館生意暫交娘子處理，聽故事要緊，聽故事要緊。」

掌櫃將茶添上家釀桂花蜜，沸水徐徐注入，令精神舒爽的清爽芳香浸染鼻腔，掌櫃這次下足血本，用得都是上佳貨色。

「有勞掌櫃大費周章。」

我作揖，掌櫃的殷勤我心懷感激。

「我才需要好好謝謝先生，先生的故事讓小的茶館蓬華生輝，生意蒸蒸日上。」

客套話止於此，掌櫃熟練捧起茶壺，將熱茶注入杯中。

拿起茶杯輕啜一口，茶湯口齒留香，任憑嘴拙之人也能察覺的上等貨色。

「好茶！」

拿人手短，吃人嘴軟，掌櫃的問題我無法置之不理。

「還記得最初我曾向各位爺暗示李雀身上尚有伏筆？

是人都懼死，李雀的懼死之心卻乎常人強烈，這點乃源於她異樣的身世。」

「先生別跟我們打哈哈，這樣的解釋我們聽得一知半解。」掌櫃苦笑。

「既然受了掌櫃的茶水之恩，必當湧泉以報，我即刻替掌櫃解惑。李雀唱的小曲將飛天刻劃的極盡詳實，能寫出如此鮮明色彩的詞，必定是自己人，填詞的自然是飛天。」

掌櫃欲開口追問，我以茶水潤口，趕忙出手制止。

「李雀動作輕盈，在戲班表演高空跳躍等高難度技巧、所唱的小調又是飛天所寫，這些謎團我現在就為各位大爺說個分明。

原因我不保證可以令爺們滿意，卻絕對貨真價實——李雀是由飛天養大的女孩。」

眾人紊亂的思緒來不及理清，故事藉由我的口，再度進行。

「由裘昊天背著楊燦，李雀領路，渾身是傷的三人膽戰心驚進入未知的崑崙大陸。李雀信誓旦旦的表情讓裘昊天疑惑，她露出十足把握的眼神指引兩人該往哪裡躲藏療傷。

經過喜戎礦坑的大劫，李雀已然蛻變。歷劫歸來，保護了楊燦的滿足喜悅充分鼓舞她，在李雀心中她總算不再背負背叛的非戰之罪。

只可惜造化弄人，三人陷入不同往昔、更險惡的殘酷淵藪——」

※　※

「李雀，妳……似乎對這片崑崙大陸相當熟悉？」

裘昊天謹慎選擇用字，李雀煥然一新的神情讓他不禁再度衡量這名姑娘是敵是友。

李雀雲淡風輕道：「我曾經住在崑崙大陸到十歲多，所以很熟悉這裡。」

楊燦跟裘昊天兩位大男人雙雙愣住。好端端一個人類怎麼可能在崑崙大陸住上那麼長一段時間？李雀又是能如何平安無事離開這兒？飛天不同於美艷外表的狠毒心腸，楊燦和裘昊天都非常清楚。

見兩位大男人緘默不語，李雀停下步伐，開口為兩名同伴釋疑。

「飛天洗劫了我的村莊，我打小就和爹娘流離失所，後來更因為食糧不足，他們拋棄了我。

一名飛天大概是失心瘋吧？莫名將我視作她的女兒，她擄走我，我那時才六歲，怕歸怕，卻也只能跟著她們。我就這樣誤打誤撞抵達崑崙大陸，隨著我日漸長大、慢慢懂事，我知道我再待下去包准有生命危險，所以我想辦法逃了。

我花了好長時間才越過喜多山脈，回到中原大陸時，我身無分文，又不識字，別無所長又舉目無親，只能當盜賊過活。

我誰都敢搶，不管是懷胎九月的孕婦，還是吃香喝辣的公子哥兒，我都搶過。後來我在搶煙花醉團長時栽了跟斗，被他攫住。團長本欲報官，見我年紀小筋骨軟，索性不告官了，留我下來加入團員一塊表演。」

李雀蜻蜓點水帶過她的身世，裘昊天跟楊燦從她平淡的描述聽出其中的委屈與無奈。

「既然妳熟悉崑崙大陸，想必應該多少知道哪裡適合我們暫時躲藏、療傷吧？」裘昊天低聲，縱然李雀跟飛天的體態相差甚大，不過李雀好歹是名女人，充當飛天勉強說得過去，然而他跟楊燦可是不折不扣的大男人呀！光明正大在崑崙大陸遊蕩，不被飛天茹毛飲血才怪。

「傳說飛天是不會死的族群，除非給予致命一擊，否則在正常的情況下，她們亙古長存……」李雀輕聲低語，她依舊踏著輕盈步伐，藉助樹叢陰影隱藏身影。

「……曾經聽過。天橋底下說書的先生都是這麼說的。」裘昊天回答，雖然楊燦不重，但是裘昊天也因為佛之禮物的衝擊受了不少傷，背著楊燦的他逐漸感到體力不支，可是楊燦現在的狀況比自己更糟，方才逃出坍方洞穴時，裘昊天便發現楊燦的肋骨少說斷了兩根，兩相比較，傷勢較輕的他必然要承擔更多責任。

「飛天是很競爭的族群，她們沒有敬老尊賢的觀念，沒有戰力的人就是廢物，廢物就是該捨棄。」李雀邊走邊說。

「李雀妳這話的意思是……」裘昊天皺眉，他明白李雀隱晦的點題。

即使飛天不會死，她們還是會老，飛天一旦色衰肉弛，就成為棄子遭年輕飛天淘汰。飛天自視甚高，會拋棄累贅可想而知，就算是他們裘家軍，只要有同伴年老、傷殘了，雖不會明言捨棄，傷者、老者卻會主動選擇自我放逐，在光榮、保全尊嚴下赴死。裘家軍求的是如火光短暫但璀璨的人生，而非在病榻上衰老等死。

「老邁飛天會被年輕飛天集中在一個只能進無法出的洞穴，飛天肉體年老的速度遠勝平凡人類，又由於飛天亙古不死，以致洞穴內的飛天逐漸人滿為患。之前扶養我的飛天也被送進洞穴，那些年老飛天不像侵入邢國的飛天血氣方剛，說不定比較容易溝通，我想去找她們，我想全崑崙大陸只有那裡可能是我們的藏身處。」

裘昊天冷汗直流，年歲漸長就得以改變飛天狂妄嗜血的本質嗎？身為男人的裘昊天與楊燦對崑崙大陸無比的陌生，在崑崙大陸亂闖的他們誠如瞎子，光躲避摸不著頭緒的重重危機已夠勞心勞力，現在更要將指望寄託在他們壓根不相信的飛天身上，裘昊天面露難色。

「別緊張！因為被年輕那代殘忍遺棄，老邁的飛天在性格上或多或少都收斂了些狂氣。再說，你無能到收拾不了老人嗎？」李雀嘻笑，裘昊天不悅揮了個空拳，楊燦的身體於此時往下滑，動到傷口使他痛得哀嚎。

「為了楊燦的小命，我們還是停戰吧！」裘昊天跟李雀面面相覷。

「就是這裡。」李雀躲在樹後，細長指頭直指矮丘後一座不算大的洞穴。崑崙大陸風光明媚，遍地鎏金，連空氣都自帶醉人清香。李雀指的這個洞穴植被光禿，寸草不生的模樣在美不勝收的風景下格外駭目。

若李雀所言無誤，衰老的飛天與其說被集中於洞穴自生自滅，更精準說應該是被囚禁在洞穴。飛天間的關係似乎不像人類好理解，裘昊天默默想著。

殘暴無道的飛天在時間摧殘下，被強迫關在籠子內，等待終其一生也無法等到的自然死亡。裘昊天感覺冷汗滑過額角。李雀此番話有兩個重點：一是若人類無法在短時間內與飛天分出勝負，唯一可行的方法就是打持久戰！假如飛天真如李雀所言會嚴重衰老而非緣滅、肉身消亡，人類只能將勝利的希望寄託後代。二是飛天的性情居然比他所見的更加暴戾！不管是之前的萬伏之戰或者是方才與綬官的激烈搏鬥，每每都能感受到她們與人類不同的恐怖性格，然而這些都是「異族之鬥」而非「同族相爭」，於理他尚且能理解，至於拋棄年邁同伴任其腐朽，裘昊天既覺得憤怒，更覺得驚懼。

裘昊天表情僵硬，身上的大小傷口痛的緊，連帶的連頭也生疼。

「我打頭陣進去。裘昊天，你要小心楊燦的傷，那洞穴小的很，必須躬身前進呢！」李雀吐舌，一溜煙鑽進洞穴。裘昊天調整楊燦在背上的姿勢，一手按上配劍，為千鈞一髮之際謀得活下去的契機。

「麻……麻煩……麻煩你了……」楊燦虛弱道謝，隨即吐出血塊。

「別說話。」裘昊天皺眉。楊燦的狀況糟到不能再拖。裘昊天不曾習醫，他對楊燦的狀況如何純粹是靠多年的打殺經驗，過往的經驗告訴他楊燦隨時有駕鶴歸西的可能。裘昊天曉得現在的楊燦基本上是靠過人的意志力支撐，不說是菩薩保佑，裘昊天還真找不著原因。

「菩薩保佑呀……」裘昊天信口喃喃，對未來生死的不確定感讓他心慌。

裘昊天突然給了自己一個大哉問。為什麼飛天會那麼好戰？不知不覺間裘昊天回想起曾經偷聽到大師所解的經理；大師說一剎那間有五百生滅，接下來還說過什麼裘昊天記不得了！也許生的是惡滅的是善吧？不然他們怎麼會一直在為有限的人生奮死一搏呢？

裘昊天告誡自己別想太多，他唯一需要想的就是如何完成邢霍斌託付的任務。他堅定信念尾隨李雀進入洞穴。

當裘昊天進入洞穴深處時，原本做好的心理建設全然崩潰，眼前景緻超乎他的想像，令他不由得驚呼連連。

「——耶？」裘昊天失聲，性命垂危的楊燦不禁抬頭，他們雙雙傻了眼。

深莫過七呎的窄洞內居然塞滿數十位衰老飛天，她們各個面容憔悴，神色毫無生氣，皮膚皺黃，洞內飛天老態龍鍾的模樣讓兩人無法將過往在邢國看到的風華絕代聯想在一塊。

絕美動人的身姿呢？閉月羞花的容顏呢？眉宇間洋溢的傲慢呢？裘昊天瞪大雙眼，這些令飛天曾無比驕傲的特質在眼前的年邁飛天身上無一復存。

裡頭的飛天同樣用疑惑的眼神來回觀望他們，她們沒有生氣的眼眸無法詮釋多餘情感，她們顫抖，瑟縮一塊的模樣讓裘昊天失去語言能力。

「萬芍、萬芍還在嗎？」李雀的嘹喨嗓音打破沉悶，眾飛天中，一名蠟黃臉色的中年女人望出頭。

「這、這不是雀兒嗎？」

她的聲音對楊燦跟裘昊天來說比其餘飛天多了一絲生命力，看來是這邊領頭的角色。

「好久不見，萬芍大娘。」李雀點頭，鳳眼內無悲亦無喜。

裘昊天與楊燦望著萬芍，看來眼前的「萬芍」，就是當初燒殺李雀居住的村莊、又將其視如己出的女人，養育之恩與血海深仇交織下，裘昊天納悶在李雀心中究竟如何看待萬芍。

李雀沉住紛擾的混亂情緒，以冷靜態度面對。她面無表情，嬌小纖弱的身軀強行撐住肩膀，不致使自己露出害怕、憤怒的模樣。

「那兩個男人是甚麼人？雀兒，妳……怎麼會回來？」萬芍支支吾吾道，其餘飛天受她影響，紛紛不安地轉過頭盯往楊燦跟裘昊天。

見狀況還算安全，裘昊天把楊燦從背上放下，眾飛天心有靈犀讓出角落給兩人歇息。裘昊天領首表示謝意，這當然不代表他對眼前的飛天敵意全然消失。裘昊天仔細將楊燦安置在狹小空間中最陰暗舒適處，表面是在照料傷患，右手卻巧妙而不著痕跡按著降龍，以便應付突發狀況。

「我們逃難途中誤闖崑崙大陸，如果可以，我也不想回來。」李雀沉著應對。裘昊天緊按降龍劍，即便眼前的飛天們沒有殺氣，他仍不敢對她們放下警戒。

「大娘，妳幫忙救救那邊的男人吧！飛天的能力是不會隨著衰老消退，妳救救他。」李雀的態度雖然彬彬有禮，語氣卻相當剛硬，裘昊天跟楊燦明白李雀的矛盾情緒；眼前的飛天對李雀既背負血海深仇，又兼具養育之恩，李雀無法平心靜氣面對孰乃人之常情。

「他倆該不會是探子吧？」縮在角落的白髮飛天不安道。裘昊天的情緒緊繃，就怕因為答案的不同情勢再度轉為敵多我少的劣勢。殺害老弱婦孺向來不是裘家軍風格，但為了邢國與霍斌，他願意打破原則。

「我不是，楊燦也不是，這位小哥我不知道。」李雀回答，眼神一沉，「這重要嗎？邢國與飛天之間的戰役早就沒有妳們插手的地方，省省妳們無謂的擔心吧！再者，我就同妳們說明白吧……」李雀話鋒一轉，明亮的眼神略為暗濁，詭異而渾沌的氛圍蔓延。

「妳們若不願意幫我醫治楊燦，我就讓妳們死在一塊。雖然大娘妳養育我，可是我從沒忘記妳們毀我村莊的那一刻。俗話說血債血還，今天我讓妳們用醫治楊燦抵銷血債，不然我就殺了妳們再自殺。」

李雀剛毅說完。裘昊天在心中大力讚取她堅貞果決的氣度！他對李雀越來越敬佩，他從沒想過在這樣嬌小的身軀中，居然能裝進巾幗女子的魂魄。

「……我知道了。」萬芍嘆氣。楊燦痛歸痛，神智還是如往常清楚，他曉得萬芍不是貪生怕死，而是經過時間淬練，她身為飛天的殘忍性格已被磨圓，萬芍由衷知道自己虧欠李雀的東西是一輩子也償還不了，只要能在生前抵銷些許遺憾，也算不枉她們「母女一場」。

萬芍慢慢爬向楊燦，充滿老繭的右手覆上他血跡斑斑的胸膛，楊燦因為劇痛不由得哀嚎。暖意十足的鵝黃色光暈從萬芍手心發出，光芒漸次脹大，楊燦蒼白的臉孔隨光芒恢復血色。約莫半炷香，萬芍的手離開楊燦，楊燦愣了愣，他倏地起身，生龍活虎地翻了個筋斗。

洞穴低窄，楊燦翻身時頭頂還撞了個包。

「太神奇了！」袁昊天眼睛一亮，多麼巧妙的術法呀！

「我也幫你們兩個治療一下吧……」其餘飛天出聲，沒多久袁昊天跟李雀的身體復原如初。

萬芍望著身體康復的三人，沉默半晌她總算開口。

「我不知道你們急否，我希望你們能給我點時間，讓我告訴你們……我們飛天的過去。這段歷史若沒意外，應該不會再有人知道了。我懇求你們聽我說。」萬芍的哀怨神情令三人不解，他們決定賣她個情，自顧自找了地方盤腿坐下。萬芍憂鬱的情緒傳染其餘飛天，三人無法理解這樣的情緒為什麼會出現在不可一世的飛天臉上，不可能也不應該。

「請靜靜聽我說，這段歷史會讓人質疑我也清楚……但是，這就是我們飛天擁有的共同記憶……。

我們是怎樣出生的，我們並沒有印象，嚴格說來我們算是第一代的飛天，我們對自己的認知全是透過宮殿中一件又一件精美動人的壁畫與不知何人撰寫的傳說古籍來了解。透過這些史料我們大約知道飛天的起源是緣於一名女子自下界飛升……據說她是偷吃靈藥才造就能漂浮空中的體質。她是我們飛天的始祖，同時也是一名帶有悲劇戀情的女人。

我們飛天不易受孕，我們受孕的方式也和人類不同；我們吸取雲霧製造靈胎，靈胎的誕生仰賴時運，若是天時地利人和，靈胎便會透過我們的意識在我們體內成長，待靈胎茁壯，我們便能生出新一代飛天。

我們藉助自然靈氣維生，我們本該感謝天……應該是一群不喜好爭鬥的種族。我也不明白我們的個性怎麼會變得像現在這般好戰？或許……」萬芍的語調哀怨，眾飛天眼角泛著淚光。

「接下來純粹是我們飛天的主觀認知，或許你們會認為這只是我們為了替飛天個性的缺陷自圓其說。

我們認為正是由於人類的存在、使用火焰、征戰各國等舉動污染大氣，使得空氣不再純淨。本來就不易受孕的飛天因為汙濁空氣無法受孕，不潔之氣使我們的靈胎夭亡，悲痛交加下，我們飛天失墜落入凡塵，也就是你們口中的邢國。」

裘昊天等人驟然明瞭飛天的惆悵，她們失去子嗣、家國，墮入陌生環境的她們備感惶恐焦慮。可惜他們對此能予以理解，感同身受，也無法泯除心中對她們是殺人兇手的憤恨。

「我們這一輩飛天是年紀最長的墜落凡間者。雖是年紀最長，於外貌理論上是看不出來的！我們的容顏自始至終都如出水芙蓉，我們沒有年幼的稚子模樣更無老態龍鐘的腐朽姿態，本來該不滅不衰的我們在墜落下界後竟開始衰老，年華老去的速度異常之快令我們措手不及。或許是源於這裡的環境與我們原本所處的天上世界差異太多，導致我們的身體狀況有所轉變吧。

我們衰老、再也無法生育靈胎。就在我們墜落下界達到十年之際，無法孕育靈胎的我們……竟讓殛天芙蓉誕生了。她……是我們大家共同孕育的孩子。」

「妳們能『共同』生一個飛天？」

裘昊天打斷萬芍的話。他無法想像女人如何共同生一個孩子？李雀跟楊燦不約而同瞪了他一眼，責怪他破壞氣氛。

「我們的體質到下界始而轉變，我們無法生育靈胎，就算是年紀較輕的飛天也需要花費比往常長上數倍的時間跟精神才有微乎其微的機運培育靈胎，遑論她們的靈胎多半以死胎收場。

飛天在下界孕育的靈胎都是破碎無法成形的……殘塊，然而這些破碎的靈胎不但沒有死亡，時光荏苒反而合為一體，在聚集數年載、不斷隱隱變化後，靈胎開始孕育出人形，我們雖然驚恐，但更多的卻是喜悅與希望，畢竟她可能是我們飛天最後的子嗣。

十年過去，靈胎終於定型，由飛天集體孕育而生的靈胎成為了殛天芙蓉。

我們飛天與生俱來的仙法是毫無破壞性的治癒之術，殛天芙蓉則不然，她能隨心所欲操縱仙術攻擊異己。因為殛天芙蓉的特殊，我們將之視為救主，自視甚高的殛天芙蓉，就此成為我們的領導者。」

「也將我們囚禁於此……」另外一名飛天接續。

「衰老的飛天成為殛天芙蓉征服人類世界的沉重負擔與累贅，為此她枉顧情誼放逐我們。其實……我知道她只是恐懼，殛天芙蓉在下界也待了超過了十年，說不定……她也正在老化，她恐懼自己的未來，因而對人類大肆屠殺。」

女人果然是可怕的動物……裘昊天在心中喃喃，楊燦亦是。當李雀發現楊燦用奇怪眼神打量自己時，她顧不得楊燦大病初癒，一腳就往楊燦的肚子踹下。

「別用那種眼神看我！你八成想說女人都是怪物對吧？」

同為男性的裘昊天不由得讚賞李雀身為女性的準確直覺。

「你們打算怎麼辦？」裘昊天道。裘昊天問句中的「你們」，不單指楊燦跟李雀，同時暗指衰老飛天。

「……我們還能怎麼辦？只能繼續待在這裡直到戰爭結束吧？殛天芙蓉……是個極為可怕的孩子，你們必須多加提防她。」萬芍露出無奈笑容。那抹微笑令三人訝異，那抹笑容擁有屬於母性的光輝，溫柔且舒心，絲毫不像記憶中乖戾殘暴的飛天，純然像位平凡農婦所有。

「妳們知道殛天芙蓉有多少戰力嗎？」裘昊天收斂輕佻神情，一股沉穩，李雀和楊燦從沒見識過的壓迫感從裘昊天體內竄出。

楊燦此時才察覺事有蹊翹；拚死逃往吉祥宮的他們怎麼會在地洞遇見穿著輕便戎裝的裘昊天呢？裘昊天神色鎮定，鐵定不像他們是誤打誤撞闖進來！難不成裘昊天真的是萬芍等飛天猜測的「探子」？如果裘昊天真是探子，派出裘昊天的人會是誰呢？裘昊天到底是何許人，怎麼會具備天塌下來也不怕的勇氣願意挺身做九死一生的探子？飛天的陰狠人人皆知，換做是楊燦，賞他千萬黃金他也不幹！

幾經反覆自問自答，楊燦終於找出答案。若裘昊天是為了錢財扛下這艱難任務，想必也是為了一筆天文數目，僱用裘昊天的人一定是家財萬貫、位高權重之人！而全邢國最有勢力的人莫過邢皇，派遣裘昊天的人只有可能是甫繼位的年輕君王邢霍斌。

裘昊天察覺楊燦神色大變，暗地猜想或許對方已經推出自己的真實身分或者目的，眼看瞞不下去，裘昊天自顧自清清嗓子，緩慢道：「我姓裘，我的名字是裘昊天，我是裘家軍現任首領。我來崑崙大陸的目的是受邢皇所託前來查探殛天芙蓉擁有多少戰力。我受皇令在身，勢必要有所交代。若妳們不願意配合，我只好選擇一個我們雙方都厭惡的方式讓妳們就範。」

裘昊天的神色凝重，輕浮的表情不見蹤影，眾飛天亦或楊燦、李雀都明白裘昊天是無比認真，倘若沒給予他想要的答案，他絕對會使用雷霆手段達到目的。

「我們人類在體能上實在遜色飛天太多，況且飛天還有我們人類學不會的玄妙仙法與得天獨厚的領空優勢。不了解殛天芙蓉擁有多少戰力對邢國的戰況大大不利。

我們裘家軍原本不打算參與這場天地大戰，可惜我與邢霍斌還有一場架沒分出勝負，我不能讓他死在妳們手下。」裘昊天嘀咕，降龍猛地抽出，利劍直指萬芍，烈焰似的殺氣了當告訴大夥他的實力與決心。

「喂喂喂……裘昊天，沒必要這樣吧？」楊燦打圓場，在裘昊天犀利的瞪視又縮回去。

「我的任務不容失敗，這不僅背負邢國的命運，同時是我身為裘家軍的驕傲。」裘昊天抿唇。

「我沒打算瞞你，你想問什麼我便答什麼。」萬芍幽幽道，眾飛天詫異，她們豈料想得到萬芍居然會說出這樣背棄同伴、殛天芙蓉的話。

「因為告訴你事情也不會有所改變。況且，我們將死，飛天的興亡與我們已然沒有關係……現在還有戰力的飛天大概是三千上下，我相信你們也猜到了，她們並非每位都能使用術法。現今飛天所會的攻擊仙法，全是拜殛天芙蓉所賜。無所不能的她將自己不要的能力分送其他年輕飛天！如果這些被殛天芙蓉授予仙法的飛天數量沒有變動太多，我想……應該是百名左右。

然而要她們以一擋百絕對不成問題。縱使邢國士兵、裘家軍再驍勇善戰，要對付她們仍會掀起一場血戰。」

百名能使用仙法的飛天外加三千有餘的即用戰力？裘昊天、李雀、楊燦的臉一同刷成慘白。不論是那看似美麗實則致命的花瓣，還是彩帶席捲臉頰帶來的尖銳刺痛，飛天有太多人類不明白也無能招架的詭異仙術，三人戰慄不已。

「我想你們該離開了。」萬芍鎖起柳眉，一陣陣喧天鑼鼓從遠方傳來，李雀趕緊望向洞口。

「殛天芙蓉來了。」其中一名飛天道。

「八成是來處決我們……」

「怎麼會？處決妳們？她們那麼快就知道妳們幫助了我們？」楊燦驚訝萬分。

「跟你們其實沒有關係。殛天芙蓉那孩子最討厭的就是『老』以及『死』，留我們這些老皮囊活著只會讓她渾身不舒爽，她老早就想處決我們，今刻不過找了名正言順的藉口罷了。」萬芍的口氣宛如敘述一件稀鬆平常，與死亡截然無關之事。

「快走！」李雀抽出飛刀，另一手拉起楊燦，回頭急促詢問萬芍，「這個山洞還有其他出口嗎？」

「往後頭走，那兒有條河流，我們都是把自殺的飛天丟進那兒。你們只要越過河流就能看見喜多山脈。儘可能跑吧！我會為你們拖住殛天芙蓉。」萬芍視死如歸的神情讓他們了然於心。

「在此訣別，萬芍大娘。」李雀頷首，拉著楊燦往後頭跑去，裘昊天佇了一下，接著咬緊牙，拱手道。

「在下裘昊天，方才若有得罪之處請多加見諒，我在此與各位訣別。下輩子我們如果仍有幸見面，希望我們不再是敵人。」

不等萬芍一行飛天答覆，裘昊天立即踩起穩健的飛快步伐趕往遠走的楊燦與李雀。

李雀那句大娘令萬芍鼻酸，她老邁的臉龐與其餘飛天同樣槁木死灰的臉揚起一道微弱光彩，那是知道自己總算作了一件對世界有益而心甘情願赴死的光芒。

※　※

「先生，那、那個萬芍就這樣死了嗎？好可憐喔！」

稚子道，果真一輩子錯殺千百無辜，只要死前一件善事就能立地成佛。相反的，終生汲汲營營，無怨無悔付出所有，也會敗在臨終前一筆錯帳。我苦笑，世間之理、人性的矛盾，歷經時間淬鍊，我沒道理不懂。

我刻意刁難眼前的小鬼：「難道那些被萬芍殺害的千百人類就不可憐嗎？」

「那、那是不一樣的可憐吶！」男孩鼓起腮幫子替同伴打抱不平。

然而什麼叫作不一樣的可憐？可憐有級別可以細細比較嗎？

我望透過花窗望向遠方，雲霧飄散的山頭隱約透出靛青的光，自然諧和，毫無往昔見過的妖異感。

「……或許是非對錯的界線比想像得更加模糊，世間才有無窮盡的戰爭與誤解、仇恨。讓我說完這冗長的故事吧！

裘昊天、楊燦和李雀不辜負萬芍犧牲相助拚命跑著，在逃命的緊要關頭，裘昊天忽然停下，像是想起什麼……」

※　※

裘昊天緊急停下步伐，他從內袋掏出一只精美小瓶，小心翼翼扳開封蠟。

「那是什麼？」李雀由裘昊天不自然的動作猜到瓶子裝的鐵定不是好東西。

「毒藥。雖然使毒是卑劣的做法，只是我們已窮途末路，不背棄道義孤注一擲別無他法。」裘昊天矇起口鼻，往剛才經過的路猛然揮灑，硫磺色粉沫飛散。

楊燦機警，他認出裘昊天口中的毒藥，其實是佛之禮物的原料之一，他曉得這種粉末經過加工，威力不容小覷。

「趕快離開！我從沒有在實戰用過這藥！天知道這藥對飛天有什麼效果！」

「爾等，甚久未見。」

殛天芙蓉的聲音一如往常呢軟，她的旖旎身軀後有著盛大隊伍。貌美無倫的飛天托著花盤，輕吹玉笛，白皙素手敲著皮鼓徐徐入洞。

殛天芙蓉傲慢卻美的不可方物的神情與她的殘暴截然不搭。

萬芍幽幽抬頭，鎮定的表情隱隱約約浮現她過去引以為傲的秀麗：「不用跟我們說客套話了，您今天來這裡的目的不可能是與我們這些老不休敘舊吧？」

「啊哈哈哈——萬芍真是聰慧呀！」

殛天芙蓉淡紫色的羽衣形同雲氣，沒見過它威力的人多半沉醉於它空靈的色彩。殛天芙蓉柔媚的體態硬是把後頭佳麗全比了下去，她發出銀鈴似的嬌笑，歪首笑到彷彿酒醉。

「雖然吾忙於戰事，依舊無時無刻惦記爾等。一想到爾等這些臭皮囊、老不死的依舊在後方坐享漁翁之利，吾厭惡到全身打顫。

爾等了解麼？爾應該知道吾不想變成爾等這種半死不活的噁心模樣。方才是否有三名甚至更多的人類過來爾等這？包庇敵人是叛族重罪，人人得以誅之。」

殛天芙蓉身後的飛天同樣笑得天花亂墜，縱使殛天芙蓉的話一點都不有趣，她們還是給足她面子，她們深怕在殛天芙蓉情緒激昂的這瞬，遭受魚池之殃。

年輕飛天的笑容有多美豔，其中就有多少罔顧情誼的成分在，萬芍了然於心。

「殛天芙蓉，妳想怎樣？」萬芍看見自己的末路，眾衰老飛天各個以眼神相互道別。

「吾已言，爾等在這兒總讓吾放不下心，所以……」

殛天芙蓉伸出手掌，纖細的中指和拇指相扣，她慢條斯理將手指放到豐滿紅唇前，輕輕吐了口氣。

瀰漫清香的五彩花瓣飛出，殛天芙蓉的吐氣是她吸收天地精華凝聚的靈氣，凌空而現的花瓣有意識地飄散到萬芍一票人跟前，花瓣在碰到她們肌膚的瞬刻炸裂。

「呀——」

火焰洩出，萬芍等人全身染滿艷紅色彩，她們疼痛狂舞，舞得宛如回到她們仍是貌美如花、國色天香的年輕飛天那刻。

雲想衣裳花想容，這句話形容殛天芙蓉高傲又殘忍的表情真是恰到好處，她美麗又跋扈，即使知道她的狠毒，也沒有人能不臣服於她的絕世美貌。

※　※

「而此刻裘昊天一夥又在做什麼？欲知後事如何，下回分曉。」我以紙扇拍桌，宣告今日收工。

「先生太過分了！故事進入最精彩處，你怎麼忍心讓我們乾等！誰睡得著覺呀！」癩痢頭小弟可惱，一手丟開好不容易抓到的蟋蟀，坐在地上耍起無賴。

「一天就讓我把故事說完，你難道不覺得對不起故事中搏命演出的裘昊天等人嗎？況且，我一介說書人還要靠賞錢吃飯呀！」

我聳聳肩，挺起身子對不知何時聚集的聽書人大聲宣布。

「明天同一時間，還請光顧我的場子呀。」

我收拾賞錢，正欲離去，卻有人欠身阻擋我的離開。擋住我的正是那位我在意許久的少女，她天真的黑眸上揚，怯怯問道。

「先生的故事真棒，不知明日是否能聽到故事的結尾？娘親不喜歡……我離家太久。」

原來她的表情出於怕爹娘責備的不安？我頓時鬆了口氣。

「放心，這個故事雖然冗長，但我明天一定說到結尾，讓大家不要再敗興而歸。」

「謝謝先生。然後，小女子還有一事相請……」少女欲言又止，半晌，她鼓足勇氣道，「明日說這則故事時，希望先生不要露出這麼悲傷的表情。」

我一怔，幾乎啞然，不知如何回應。

我未曾了解悲傷，應該說我已經不知道該怎麼擺脫亙古纏身的那股……悲傷色彩。

這回的賞錢之豐前所未見，茶館老闆也盛情邀我住進他的上好客房，我婉拒了他的好意。

見不著天的地方我老是夜不安寐，儘管我也未曾有辦法不透過醉酒一覺到天明。我的行囊向來輕便，一只布包伴我行千里路。我解開滿是補釘的墨綠披風，熟練將之折妥充當靠枕；接著讓從不離身的長布包插入土中豎起，荒郊樹下成為我今日的歇腳處。

皎潔月輪高掛穹頂，雲霞流動飛快。我凝視雲的彼端，也許上頭有著廣寒宮、也許上頭有著瑤池，我不肯定，我能肯定的是上方有無盡回憶。

「天女歷無妄苦難，墜化人世，無可回返。」

我輕聲念著我所編的詞，從仙界墜入人界、離開所有熟悉的人事物，這份恐懼比死亡過之而無不及。要是有人能理解這點，或許很多紛爭都能趁早弭平。

可惜已晚了，一切只是事後諸葛，還有甚麼比空想更令人寒心？

我撬開酒壺，仰頭喝了一大口，真夠嗆！我大口灌著試圖喝個爛醉！只有喝到爛醉方能入眠。

「長波寫萬古，心與雲俱開。借問往昔時，鳳凰為誰來。鳳凰去已久，正當今日迴……」

眼前霧氣一片，我竟分不清自己身在何處，溫熱的酒潑灑滿地，宛如奠祭，然而我該祭祀的故人究竟該潑灑在地上還是揮灑天際方能收到？

「明君越羲軒，天老坐三台。豪士無所用，彈弦醉金罍。東風吹山花，安可不盡杯。六帝沒幽草，深宮冥綠苔……哈哈！假的！假的！」

我將剩餘的酒一飲而盡，明日我該怎麼起頭才能再次博得滿堂彩呢？

第六回：致命玉笛

「感謝各位，今天願意繼續聽我再道這則故事！」

今日的茶館是久違的高朋滿座，前天聽故事的朋友帶了更大群的人共襄盛舉，茶館熟客更是攜家帶眷捧場。

我不敢望向昨日少女所在的偏桌，她清澈的眸瞳與請求讓我無從應對。

我已踽踽獨行踏過漫漫長路，我未曾聽過有人向我提出這樣令我無顏面對的要求，而我也從未備妥應有答案，不論吐實又或虛偽敷衍，都不是他的樣子，我不能也不該這麼做。我於心底一再告訴自己像她那樣花樣年華的少女生性多愁善感，拋出我難以招架的的刁鑽問題是情理之中。我如此說服自己，卻未能收斂浮上心頭的驚慌。

我深吸一口氣，敘述故事者不需要也不能參雜太多私人情緒，評判故事的是非對錯一向不是說者職責。

我轉頭朝聽眾微笑，早就養成將心完全抽離的能力，為了達到這樣的境界，我反覆訓練多年，終於能以完全旁觀者的角度替故事加油添醋，讓它足夠驚異，也足夠有趣，卻不至於失去最真實的雛形。

「為了不辜負大家期待，我可以向各位拍胸脯保證，今天的劇情絕對膾炙人口，熱血沸騰，無不拍案叫絕！」

「好！」

「先生我先信你一回啦！」

「我好期待那放蕩不羈，卻豪氣萬千的裘昊天又有什麼轟轟烈烈的作為！」

「我比較想知道楊燦這名江湖道士今回又會來上甚麼新鮮玩意？他絕對稱得上故事中的甘草人物！口念佛號、在適當時機出些妙極了的餿主意，有他在真是讓故事增添不少笑料。」

「大夥千萬別遺忘楊燦的老相好李雀，我看這對歡喜冤家說不定在故事結尾真結了親！」

「不不不！你們都漏了最重要的人物——殛天芙蓉呀！聽先生的形容，我想不論是漢代的飛燕、曹魏的洛神甄宓、唐代的玉環，縱古至今沒有任何美人能贏過她駭人的魅力！先生，這殛天芙蓉真有這麼艷絕蓋世？」

我咧嘴笑笑：「確實差多了！其他不敢說，但我敢保證南朝以姿色妖豔聞名的後主寵妃張麗華，真的遜色殛天芙蓉美貌太多太多。殛天芙蓉的美貌艷絕塵寰，我想就算是西施精心打扮站在方睡醒、未整衣的殛天芙蓉身前也會自慚形穢。」

「寵妃張麗華也不及？先生根本信口開河！說得好似真的見過、好生比較似。」

眾人哄堂大笑，有人表示贊同，有人表示異議。我亦笑了，我不打算繼續爭辯，殛天芙蓉的美艷確實是我拙劣的口才無法如實形容的，唯有真正見過她的容姿的人，方能曉得我不僅未誇大其詞，說的還不及萬分之一。

「那麼邢霍斌呢？我……想知道更多有關他的故事。」

那名少女赫然開口，她突然插入的問題讓眾人回頭觀望，被目光包圍的她頓時羞紅了臉。

眾人在沉默數頃後哄堂大笑。

「東瑗！那麼多人能選，妳怎麼偏偏選那邢霍斌？」

「故事聽到現在，我依舊搞不清楚邢霍斌究竟是個什麼樣的人物！明明是一國之主，但在先生的故事中卻像……不起眼的小草。」

「我老感覺裘昊天比那邢霍斌更像個英雄，起碼敢作敢當，不用隱藏赤膽忠肝的真性情！論起武技，更是百年一遇的高手！」

少女的名字原來是東瑗，典型大戶人家黃花閨女該有的名字。

「這個邢霍斌，俺到現在只搞懂他曾年少輕狂，在不得已的情況下接任皇位。偏偏他運氣不好，甫上位就遇外患來襲，至於個性嘛……俺實在摸不清個頭緒。先生，俺這麼看究竟對不對？」

我依舊維持微笑，小販故事聽得真是仔細，連我都不敢肯定自己能不能如此精闢介紹邢霍斌這家伙。

「對，說的對極了！這個邢霍斌正如這位爺所敘述。各位想想，在這個故事中，我有必要特別凸顯邢霍斌嗎？他就是個皇帝，被帝位纏身，無法隨心所欲。他不能有個性，他是一國之君、一個身處外患連年朝代的年輕君王，如此的他豈能有自己的個性？罷了！讓我們回到故事！這回各位想聽的人物都有精采絕倫的表現。」

挑上老地方坐下，喝了口水開始接續昨天的故事。

「好啦！各位客倌應該記得昨日我說到哪吧？前回說到萬芍等老前輩被磨去殘酷不仁的劣根，死前重拾真善天性的她們讓李雀、裘昊天、楊燦等人先行離去，以自己的肉體、生命阻攔追擊的其餘飛天。飛天領袖殛天芙蓉以背叛飛天的大義遮掩真意，她枉顧親情，殘殺這些衰老前輩。

處理完心頭大石的殛天芙蓉盛氣凌人追擊裘昊天他們。

邢國正處荒濁年，飛天無法高空飛行，喜多山脈的參天巨木適時阻礙飛天的追殺，只要順利逃進喜多山脈，裘昊天一行人就無後顧之憂！然而事情真能如此發展嗎？

所謂『前門有虎，後門有狼』，我說李雀她……」

※　※

李雀的呼吸越來越急促，身為女性的她體力遠遜楊燦與裘昊天，讓李雀不停下腳步純粹靠她的倔強。她雖是沒喊累，裘昊天仍敏銳察覺李雀的體力早不支負荷，他撇撇嘴，在李雀身前蹲下身。
「我們無法停下來，我背妳好嗎？」
「啊？你難道不會累嗎？背了我，你也是要逃命呀！」
「妳有那麼重嗎？」裘昊天不懷好意道，李雀微慍，輕快跳上裘昊天單薄卻結實的背部，裘昊天一個使勁蹬起，依舊健步如飛，將楊燦拋在腦後。
「好！裘家軍果然不是省油的燈！好漢子。」
楊燦讚許道。裘昊天笑笑接受對方讚美。並非裘昊天的功夫真如此卓越，撐起場面的同樣出於他的死性子，他也是倔強之人吶！就算咬碎一口銀牙，裘昊天也不願意讓別人見著他的軟弱。
裘昊天咬緊牙安慰自己只要逃進喜多山脈安全了！進入喜戎礦坑前，裘昊天早已安排聰敏的駿馬影風與胭脂在喜多山脈待命，他的亡父遊手好閒又愛酗酒，卻是個不折不扣的馬癡！裘家軍豢養的無不是萬中選一的千里良駒！只要進入山區，裘昊天就會召回馬匹，屆時三人就能靠這兩匹裘家軍引以為傲的千里良駒脫離險境。
只要他們三人有幸能活到那個時候……。
楊燦瞥見裘昊天陰晴不定的臉，他明白此時狀況險峻，就算佛祖插手也不一定能安然度過。楊燦暗嘆自己正值青春壯年的生命或許將於今日終結。然而在大去之前能遇上裘昊天、李雀這兩位英雄好漢也算不枉此生。

「如果我能生還，我必定速速找位好人家女兒娶了，生他個一打白胖胖小娃。」楊燦喃喃。

三人跑了許久，在植被逐漸稀疏後，他們總算看到河流，見著河流的剎那，三人嚇得臉色蒼白。這豈能說是河流？簡直是汪洋大川，下頭更有一道壯觀瀑布！

「萬芍要我們從這種鬼地方跳下？下面是有人等著幫我們拼回原樣嗎？」楊燦渾身打顫，跳水他不怕，只是他乃江湖道士，是過分信鬼神之人呀！方才聽見萬芍說此處是她們丟棄飛天屍體之地，篤信神鬼的他，知道這裡乃極陰之地，指不定下方更有許多孤魂野鬼等著追魂索命，拉幾個墊被做交替！

李雀拍拍裘昊天的肩膀示意對方放自己下來，李雀靈巧落地，整個人走到山崖最邊緣，半個腳掌露在崖外。

「你們不打算跳的話，我就先跳囉？跳下去命大不一定會死，留在這兒被殛天芙蓉抓到一定穩死！而且保證不僅死前要受盡折磨，更會死無全屍！我還想留具完整屍體，你們慢聊，我先走一步。」

「慢著！李雀妳先等會兒！我們不能分開跳，水流太強，我們不只會被沖散，還可能撞上礁石弄個頭破血流！一旦昏過去、吃到水，下場也不比被殛天芙蓉凌遲強上多少。」

此刻裘昊天是三人中最處變不驚、臨危不亂的人，領過裘家軍經歷大小戰役的他，比其他兩人更加鎮定。

「不然我們能怎麼辦？」李雀轉過頭，原本宛如荔枝紅潤的雙唇此時皓白如雪，花容失色的她有種無助的可愛風情。

「拿條繩子把我們綁在一起，大夥兒一塊跳囉！妳瞧這法子如何？」裘昊天聳肩，無厘頭的想法讓李雀想直接把裘昊天踹下瀑布，只不過此刻似乎也只剩下此法可行。

裘昊天扯下自己繫在斗篷上的麻繩，再把墨綠斗篷撕成大小不一的長布條。李雀、楊燦、裘昊天三人雙手相握圍成圈，裘昊天將布條牢固地纏上彼此交握的手，三人顧不得男女授受不親又或李雀仍是待出閣的少女，他們緊緊相擁，感受彼此逐漸冰涼的體溫。

「看我們這一下去是永別還是能再相見吧！楊燦，你不是最會跟神佛祝禱？說兩句來聽聽。」李雀將自己脹紅的臉埋在兩名男人懷中。

「天靈靈，地靈靈，生死有命，若滿天神佛認為我們命不該絕，還請保佑我們，讓我們逃出生天。」楊燦苦笑，三人同手同腳動作滑稽跳進瀑布。

殛天芙蓉率領年輕飛天嘻笑前進，方才捲成焦屍的萬芍等老前輩殘骸與過往情誼在她們眼中一如過眼雲煙，風過水無痕，悲憫不存在她們的心靈，砍殺的是同伴或異族對她們無一不同。飛天們談笑風生，毫無阻礙地前進，直至她們正式踏入裘昊天佈下的死亡陷阱。

或許當時老天無意要亡飛天一族，領頭的殛天芙蓉說時遲那時快，在即將踏入裘昊天佈局的毒陣前退到後方，以致她逃過防不勝防的惡毒陷阱。

裘昊天施的毒粉雖然不至於致命，卻會使觸碰到的肌膚血肉為之潰爛。中招的飛天頻頻尖叫，肌膚嚴重發癢迫使她們拚命摩擦石壁，更是相互撕抓直至體無完膚方才倒地。皮膚潰爛流出血濃的飛天身軀搐顫，雙目發直，無神望向領頭的殛天芙蓉。殛天芙蓉憤怒至極，嫚妙揮手，青色火焰破空襲上，轉瞬把飄散的恐怖毒末燃燒殆盡。

「鼠輩之流做甚麼困獸之鬥？吾非得把爾等碎屍萬段才能消心頭之恨！」

殛天芙蓉嬌美脫俗的容顏因為盛怒別有一番風情，這種美麗使人臣服也讓人心生恐懼。

湍流的冷冽河水沖刷著裘昊天、楊燦、李雀的血肉，凍寒滲入骨子，疼痛讓他們頭皮發麻，就連綁著三人的布條都快被湍湍河水沖斷。裘昊天緊抓楊燦和李雀的臂膀，他們不可以分散，一旦散了再聚在一塊恐怕有待地府輪迴。

在截然失去意識前，裘昊天仍緊緊抓住兩位陰錯陽差結盟的朋友。

再次清醒也不知是過了多久，最先起來的當然是受過嚴格訓練的裘昊天。裘昊天咳了幾口水，早先綁住三人的布條消失的無影無蹤，他醒來時是看見自己穩妥抓住其他兩位同伴癱軟岸邊，裘昊天猜想應該是他將兩人拖上岸後，體力不支才昏厥過去。

「真是沒有我就不行呀！沒想到我比神佛更有用！」裘昊天搔頭，正當他竊喜自己的毅力時，他聽見自遠方傳來的飄邈鼓聲。

該死！裘昊天重重打了自己的腦袋，被水浸到錯亂的腦袋受這猛力一拍更加混亂。飛天無需同他們跟河水奮戰，飛天最大本錢就是能自由翱翔天穹，荒濁年的影響不包含盤古大陸呀！

「楊燦！李雀！不要再裝死了！快點起來！再不起來我們真的要死在這兒！」

※　※

「大難不死的裘昊天此時尚不知他的大劫才正找上他。任誰也猜不到堂堂裘家軍首領竟差點喪命在那小小的玉笛上。」

身前的賞錢不知不覺又多了些，我拿起銀元，玩弄似拋擲，透過日照閃爍的銀亮光彩讓我聯想起金鐵交鳴的火光。

「玉笛？先生說的是歌伎用的那種漂亮笛兒麼？」被抱在少婦懷中的稚童詢問。

「正是。我指的正是這個，平凡無奇的玉笛究竟為從疾風降生的裘家軍領袖帶來甚麼生死危機呢？」

※　※

楊燦與李雀在裘昊天不留情的巴掌下清醒，他們赫地起身，蒼穹彼端已經可以看見飛天大軍模糊的影子。

「跑呀！」裘昊天怒吼，只要逃到喜多山脈，靠著濃密樹林殛天芙蓉也奈不住他們！只有躲到山裡，他們才有全員生還的渺茫機會。

「若是我能平安逃回中原大陸，我一定要跟你們兩個拜把成義兄弟妹！」楊燦邊跑邊大喊，世間再也找不著像楊燦這般一心多用的人兒。

殛天芙蓉飛翔的速度極快，美麗身影誠如翱翔蒼穹的火鳳，她身披的紫色羽衣幻美，倒也能媲美祥獸周身的吉祥瑞氣。

裘昊天三人飛快跑著，即便體力消耗到他們將乎昏厥也不敢停下；喜多山脈近在咫尺，見到手的獵物即將真正脫離掌心，殛天芙蓉惱極了！她本想使用術法攻擊裘昊天等人，考慮到命中樹林招致惱人黑煙會讓她無法判斷三人傷亡，只得作罷。

正當殛天芙蓉氣急敗壞之際，她餘光瞧見同伴手上的有趣玩意兒，她靈光乍現，隨即抄起那把引起她興趣的玉笛，繞著彩帶的白嫩手腕纖手一揮當下斬斷吹嘴，晶瑩剔透的玉笛出現鋒利口子。

殛天芙蓉嫵媚的高舉玉笛，瞄準目標後大力射往三人中領首的裘昊天。裘昊天察覺殺氣下意識側身，可惜他的反應仍然不夠快，致命玉笛雖然沒有如殛天芙蓉預期穿過心臟，卻也插進裘昊天側腹，劇痛使裘昊天踉蹌一滑，楊燦見狀趕緊支起他。楊燦與李雀兩人手忙腳亂拖著昏厥的裘昊天繼續逃命，三人倉皇鑽進喜多山脈。

見目標物消失於視線，殛天芙蓉身後的飛天七嘴八舌，大夥不敢恣意臆測殛天芙蓉接下來的打算。

飛天四姝的殤官欠身飛到殛天芙蓉面前，殛天芙蓉的性子她摸得最為透徹，因此敢於向殛天芙蓉諫言。殤官以靜態笑容旁敲側擊，詢問殛天芙蓉打算。

「殛天芙蓉，那群人躲進樹林，敢問妳打算如何處置？要我們繼續追嗎？」

「不必！吾射中的男人不死也只餘半條命，這筆算在吾恩賜人類的人情債上！」殛天芙蓉美艷的容貌配上冷酷無情的語氣，連飛天同伴也毛骨悚然。

「喂！喂！裘昊天你還好吧！還活不活得下去呀！」楊燦扛著氣弱猶絲的裘昊天大聲詢問，楊燦將一心多用四個字發揮得出神入化。

「我們要不要先放他下來做簡單止血？我怕裘昊天失血過多吶！」李雀發抖，細嫩小手拂上裘昊天滿是冷汗的額頭，裘昊天正急速失溫，她知道這不是好徵兆。

「也好！反正跑到這兒，那些臭婆娘也飛不進來！若真膽敢飛進來，就詛咒她們被樹枝戳死好了！」楊燦惡毒詛咒，同時小心翼翼放下裘昊天。裘昊天的神志已不大清楚，被玉笛貫穿的傷口源源不絕冒出溫熱鮮血。楊燦不敢拔出玉笛，怕屆時血液會噴發到無法收拾。

「我把他的傷口綁緊些！裘昊天習武多年，我相信他一定能撐下去！」楊燦脫下被裘昊天弄髒的外衣，打著赤膊大方將上衣撕成粗糙繃帶，他將繃帶用力綁在裘昊天的傷口上方。不知道是迴光返照還是被楊燦的治療痛醒，裘昊天痛苦睜開雙眼，李雀察覺裘昊天的眼神根本沒法對焦，她急得哭了出來。

裘昊天雙手微動，吃力在頸邊摸了一番。李雀不明白裘昊天想表達什麼，只好同樣學起裘昊天的動作在對方的脖頸摸索，摸了半晌，她終於在對方的外袍內側摸到條麻繩。她一把抽出，原來麻繩上頭有枚骨製作的鳴笛。

「這可以吹嗎？」李雀狐疑地上下打量鳴笛。

「不然還可以用來幹麻！」楊燦心裡大罵怎麼會有這麼笨的小姑娘。

李雀吸飽氣，用盡吃奶力量一吹，鳴笛發出尖銳又刺耳的破音，這種噪音恐怕連在墓穴的死人都會爬出來一窺究竟。

「哇！好難聽呀！」

「廢話！妳吹那麼大力不難聽才怪！妳的戲班子是沒有會木笛、口技之類的人嗎！」

「有啦！那跟我吹得難聽又有什麼關係嘛……」李雀扁嘴，一臉受盡委屈的可憐表情。

「喂！妳以為……」

正當楊燦還想數落李雀兩句，噠噠蹄聲自遠方打響，不消片刻，兩匹駿馬赫然出現在三人身前。從牠們濃密的鬃毛和流線型身軀來看，即便李雀不是伯樂也懂得這兩匹絕對是當今第一流良駒。兩匹馬一匹玄黑一匹赤紅，李雀和楊燦兩人極有默契地拉起裘昊天，由楊燦負責背妥裘昊天、李雀領頭，雙雙穩坐馬鞍單腳往內踢上馬腹，一紅一黑的千里良駒登時幻化成兩道七彩的光。

「楊燦！我們要跑去哪兒？」李雀於狂風嘶吼中放聲問道，瘦小身軀飽含能量。

「先逃離喜多大山再說！妳沒聞到一股燒焦的臭味嗎？」楊燦憂心忡忡，驀然回首撞入眼簾的竟是熊熊烈火。

「該死！是那群臭婆娘放的火吧！」李雀忍不住學起男人的粗話。

沒錯，這場火確實是殛天芙蓉所放。她火燒喜多大山目的不是為了取裘昊天三人性命，對她來說裘昊天等人已經可有可無。這場火乃殤官向殛天芙蓉進獻的計策，她打算燒光喜多山脈樹木植被，使飛天即使面臨荒濁年也可以無障礙低空飛行，大舉入侵邢國。

「我們去皇城，去吉祥宮吧！」楊燦一手抓著裘昊天一手吃力拉著韁繩，他彷彿看見裘昊天傷口滲出的血珠不停被怒風拋向後頭，楊燦甚至不敢肯定裘昊天是否仍活著。

「啊？」李雀儘量壓低身子，狂風將她的雙髻吹散，一頭烏黑雲絲任憑狂風吻著。

「裘昊天是裘家軍領袖，又是邢皇派的探子，任務結束理當要回吉祥宮彙報！況且皇宮裡有全邢國最好的大夫，說不定他們能及時救回裘昊天性命！」

楊燦大聲解釋，李雀同意地點點頭，兩人拉起韁繩，讓本來就能日行千里的好馬跑得更如迅雷。

楊燦與李雀與時間競速，正確說來是裘昊天正與時間競賽。縱使裘昊天透過多年訓練改善體能不足，成為訓練有素的裘家軍同伴都無法小看的猛將，但他到底年輕，體格又稍嫌單薄，不像鍾楚那類彪形大漢有更多體力支持傷勢。

李雀與楊燦沒命地奔著，他們騎乘的馬匹不辱千里良駒之名，不需要休息也從不放慢速度，兩匹馬就這樣一路高速奔馳。楊燦隨時拍打裘昊天的臉頰希望對方保持清醒，而裘昊天也真夠爭氣，每每以虛弱的手抓緊楊燦的腰帶示意楊燦自己還活著。

皇天不負苦心人，奔馳許久的楊燦三人終是在裘昊天仍有一口氣的情況下抵達吉祥宮。

「讓開！」他們在民心已死的街道放肆奔馳，連到了門禁森嚴的吉祥宮宮門前亦沒有停下。守門侍衛高舉兵器欲攔下他倆，楊燦沒給他們機會只是憤怒拉起韁繩，良駒前蹄高舉，嚇得侍衛屁股蹬地。楊燦用盡剩餘體力怒吼。

「滾！我們馬上載的是裘家軍領袖裘昊天！他現在身受重傷，快讓我們進宮找御醫！若他有個萬一，你十顆頭顱都賠不起！」

「裘家軍領袖？阿四！快向裡面報告！」侍衛領悟狀況，連忙朝內通報，只是此刻楊燦與李雀沒空摩蹭，馬蹄一抬，無視守衛直接闖進吉祥宮。

「邢皇你在哪裡？是誰都好快點出來！裘昊天性命垂危了！」

邢霍斌於研討戰略時隱隱約約聽到有人呼喊他，邢霍斌對此本來沒有特別反應，直到他聽見裘昊天三個字，才停下動作用心傾聽。

他有些困惑，難不成是昊天完成任務回到皇城了嗎？然而若是昊天回來了，以他的個性必然是不拘小節衝入謁見廳將第一手情報速速報告，此刻沒見著昊天的影子卻聽見他的名字，難道是幻覺不成？邢霍斌越想越不安，索性丟下滿桌貢獻計策的朝臣將軍，箭步朝大殿外走去。

一走出謁見廳，邢霍斌便看見遠遠兩匹一黑一紅的馬正如無頭蒼蠅往大殿奔來，在即將撞上邢霍斌之前，他認出那兩匹馬。邢霍斌知道那是胭脂跟影風，是裘昊天從小飼養的千里良駒，從來捨不得旁人騎乘！然而此刻馬上騎的兩人他竟無一認識。

胭脂與影風速度快到無法止步，眼看就要撞上邢霍斌，他毫無懼怕只是默默備好架勢，在千鈞一髮之際飛快搶下影風的韁繩，用力一拉讓失速的馬匹停下，對楊燦所騎的赤紅寶馬則使盡中氣喝道。

「胭脂！停下來！」

那一喝夾雜王者威嚴以及武者霸氣，失速的胭脂受這一句話影響安分停下。因為突然停止奔跑，楊燦頓時失去平衡，他趕緊拉住後頭差點摔下馬的裘昊天。

「……昊天？」此時邢霍斌才發覺眼前的陌生人身後馱著自己的多年好友，邢霍斌更是愕然察覺裘昊天早已意識不清，鮮血滿身。

理智在下一刻奪回主控權，邢霍斌氣急敗壞大喊：「御醫！御醫快給孤出來！」

李雀認出眼前男人的華美袍子與簡易卻做工精緻的輕鎧，她立刻了解對方定是前不久才繼位的年輕君王。

「昊天！昊天！昊天你醒醒！」

邢霍斌扛下裘昊天，滿臉不安跟焦慮表露無疑，他抱起因失血過多而昏厥不醒的裘昊天大步奔至內殿。途中裘昊天又吐了幾口鮮血。邢霍斌無比驚慌，恐懼讓他幾乎無法思考，只能抱著裘昊天，楞楞跟隨急忙出來的御醫前往內殿。

是他過分信任裘昊天又或裘昊天過分信任他？這個答案邢霍斌想都不敢想！

御醫瞧見裘昊天蒼白的臉色與染紅的上衣清楚情況有多險惡，他與後頭一票御醫部人員知道裘昊天凶多吉少。失神的邢霍斌緊緊抱著裘昊天，完全不知道該怎麼辦。

服侍王室的首席御醫明白邢皇此刻的心情，他一手指揮部屬準備醫療器材，一邊安撫邢霍斌。

「陛下，請先將他、將裘家軍領袖放下！您這樣老夫無法救治他，請快讓老夫看一看呀！」

聽見御醫的聲音，六神無主的邢霍斌稍稍回神，連忙按照指示將裘昊天放下。

御醫們一齊湧上，手忙腳亂將玉笛抽出裘昊天宛如風中殘燭的瘦弱身軀。

※　※

「李雀和楊燦騎在馬上不是，站在原地也不是，只好壯起膽跟上邢霍斌腳步……」

嘴饞地拿塊掌櫃送上的桂花糖糕一飽口腹之慾，眾人心急萬分等著我繼續故事。

「別那麼心急。」我口齒不清道，「誠如今日開場所說，這的確是裘昊天的大劫，然而裘昊天並非因為這只小小玉笛而死！大夥千萬別忘，這場天地大戰，裘昊天還是主要戰力呢。」

「那先生就不要給我們打馬虎眼，請趕快說下去呀！」

「就是呀！這麼刺激的故事我還是頭一次聽到呢！」

我頷首：「可惜……這不只是個刺激的故事，這個故事還有一個非常悲傷的結局……」

儘管楊燦與李雀的止血措施施救得宜，可惜裘昊天實在失血過多，狀況十分不樂觀，可謂大羅神仙臨世也不見得能挽回小命。老邁的首席御醫清楚從邢霍斌僵硬的表情中解讀出訊息——若是沒救活裘昊天，你們也乾脆跟著一塊死算了。

首席御醫擦擦汗，卯足勁使出畢生所有知識，不論是用千年人參吊命，又或拿天山雪蓮補氣，掏空全邢國國庫也在所不惜！御醫只盼裘昊天足夠爭氣，不要那麼快回天乏術。

邢霍斌在御醫醫治裘昊天時，寸步不離，他一方面擔心裘昊天傷勢，二方面苦思該如何告訴裘家軍裘昊天重傷的消息？邢霍斌知道裘昊天會身受重傷，自己無疑是罪魁禍首，他不怕苛責，就怕裘家軍會在這緊要關頭放棄援助邢國。

「昊天呢！昊天的狀況怎樣了？」鍾楚氣急敗壞衝進內殿，氣喘吁吁望向滿身是血、正由御醫醫治、昏迷不醒的裘昊天。

「都是你這個混帳皇帝！瞧瞧你讓昊天變成什麼鬼德性！若昊天過不了此劫，我一定帶裘家軍弟兄輾平吉祥宮！」血氣方剛的鍾楚揪住邢霍斌衣領，卯拳做勢打下，而後他也真的向邢霍斌揮下那力道十足的拳頭。

邢霍斌雖然貴為皇帝，在裘家軍訓練的數年讓他反應飛快，他頭一撇閃過鍾楚的拳頭，再一掌接下對方的踢擊。兩人四目相對，雙雙散發毫不遮掩的殺氣。鍾楚與邢霍斌兩人的過節在此時全然爆發，雙方都想置對方於死地，他們的慣用手壓著劍柄，只要對方一有動作，就會立刻抽出配劍斬向對方。

「別鬧了！裘昊天現在命在旦夕哪容得下你們窩裡反！」李雀尖聲，她急到哭出來，鳳眼滿溢淚水。

「小女娃這裡沒妳說話的份！給老子到旁邊喝奶去！」鍾楚惱羞成怒，沒頭沒腦就是對李雀送上一連串粗魯問候。

李雀氣極了，她咬緊牙關整個人輕巧騰空一跳，直接就往鍾楚臉頰來上一記踢擊。

鍾楚與邢霍斌都被李雀這突如其來、靈巧不似常人的飛踢嚇著，知道李雀手段的楊燦倒是處變不驚。不，也不能說他處變不驚，要不是李雀已經踢出那一腳，恐怕出招的就是他。

「你們在孩子氣什麼？我不知道裘昊天跟你們是甚麼關係，我只知道他很重視他的任務。你！是裘家軍的人吧？」李雀指著鍾楚的鼻尖道。

「你若是否定這項任務，也就是否定了裘昊天！我不知道他心裡想什麼，可是跟他在一起時，我很清楚裘昊天真的是拚盡全力想完成這項任務！與其在這打打鬧鬧，你們要不滾出去讓御醫專心醫治裘昊天要不就是閉上嘴為裘昊天祈禱！懂了沒！你們這兩個混蛋！」

「祈禱我很會，阿彌陀佛。」楊燦煞風景接續李雀正氣凜然的教訓，雙手合十輕聲道。

「今天居然要個女娃兒教訓我！」鍾楚不悅地用手背擦拭唇角鮮血，他的情緒和緩許多。

邢霍斌默默不語，垂首站在原地靜思，而後他抬起頭，灼灼目光望著楊燦與李雀：「你們兩個是甚麼人？和昊天是什麼關係？」

楊燦知道邢霍斌目前心緒亂，此問想必出於懷疑他與李雀身分。

「我是楊燦，是名江湖道士。她是李雀，混戲班的。我們在逃難時誤入洞坑，碰巧遇上裘昊天。我當時身受重傷，裘昊天幫了我們很大的忙。」楊燦作揖，看到仍昏迷不醒的裘昊天，又是一陣不忍跟自責。

倘若他的馬術再精湛些、跑得再快一些，或許裘昊天的狀況就不會那麼危急了！楊燦雙拳緊握，李雀明白他的自責，她捧起楊燦的手輕輕將他的雙拳舒展。

「是這樣嗎……」邢霍斌喃喃，李雀知道邢霍斌已經不懷疑他們了。忽地，李雀想起一件很重要的事。

「陛下，您此趟派遣裘昊天到崑崙大陸，為的是查探殛天芙蓉握有多少戰力吧？」李雀咬字清晰，聲音不算大，卻足以吸引所有人注意。

「沒錯。妳知道？」邢霍斌的神思頓時全然回歸，他皺緊眉頭，鍾楚隱約看到邢霍斌的手因為緊握滴下血珠。

「裘昊天在質問飛天時，我與楊燦也在場吶！陛下，我想這兒也沒有外人吧？那我就明講了！

殛天芙蓉手邊大約有三千上下的飛天戰力，其中能使仙法者約莫百名，況且……有個很糟的情況發生了！殛天芙蓉火燒喜多山脈，待大火停止蔓延，屆時就是殛天芙蓉率軍大舉進功之際。」

鍾楚臉色死白，他親身體驗過飛天藉由天空獲得的優勢，那種從高空俯衝的殺傷力之大，沒有親自嘗試過的人無從理解。即使驍勇如裘家軍，與飛天對戰順利也是拜荒濁年幫助，倘若人類的優勢不再，鍾楚簡直不敢想像等待人類的慘烈敗相。

「……方便進攻，是嗎？」邢霍斌若有所思地自言自語，楊燦直覺精通各家兵法的邢霍斌或許已經想出應變之計。

「兵來將擋，水來土淹……多虧殛天芙蓉火燒喜多山脈才讓孤想到這一計。」邢霍斌深不可測地勾起嘴角，「麻煩你們三個幫孤照顧昊天，有件事，孤必須速辦！」

邢霍斌不給大家解釋，轉身快速離去，鍾楚惡狠狠地怒罵難以入耳的粗話發洩情緒。

邢霍斌受到殛天芙蓉放火焚山才想到人類尚有一計能絕處逢生！既然飛天的優勢是從空無差別攻擊，只要讓她們不得不跟人類一樣同在地上戰鬥不就得了？

邢霍斌打算將飛天逼進民宅區域，藉由繁雜的建築阻礙她們飛行。然而倘使他真要將這項計策付之實行，勢必要先遷徙數量龐大的百姓。

思及此，邢霍斌決定趁大火未停挖掘地道，只要讓邢國百姓窩藏地底，他與邢國士兵就能放膽做殊死鬥。

一想到死亡，他又擔心起裘昊天，畢竟裘昊天是在這廣大邢國土地上，他唯一的朋友。

第七回：天地大戰

「我們都知道裘昊天的傷勢非常嚴重，只是早在最初，我便和各位聽眾預告裘昊天不會死在這玉笛之傷。

方才我提及邢霍斌打算透過建築阻礙來和飛天決一死戰。在裘昊天重傷期間，邢霍斌、楊燦與李雀兵分二路，楊燦和李雀接受邢霍斌請託，日夜不闔眼照料昏迷的裘昊天。邢霍斌則調派軍隊，晝夜不停歇建造地下碉堡，同時於民宅屋頂加蓋大小不一的尖銳石筍，石頭耐火，邢霍斌正是打算用它牽制飛天。」

我枕起手，旁若無人伸了個大懶腰。

「請先生趕緊將故事講完，我再加點賞錢給先生呀！」富紳裝扮的中年男子放下一枚沉甸甸的金元寶，我瞥了眼，繼續咬我的桂花糕。

「這個故事我一定會說完，不過你們要讓我慢慢說，獨自背負這個故事實在太過沉重……」

※　※

地下碉堡工程進行的遠比想像順利，邢霍斌強制將民宅充公，為安全起見更是讓都城人民全部都躲進地下碉堡，直到人類和飛天的天地大戰結束。

士兵們在房舍上頭不斷堆起石塊與障礙物，他們盡可能不採用木柴、竹子等易燃物，飛天擅長使火，他們必須注意每一個小細節，以免搬石頭砸自個兒腳。

遷居地下碉堡的民眾怨聲載道，百姓閃避飛天都來不及，怎麼有餘力猜測邢霍斌心中有何盤算？百姓恨極邢霍斌以一道鐵血敕令逼迫他們放棄祖產，在人民眼中，邢霍斌帶來的只有連綿不斷的爭戰與死亡，他們恨透這名勞心勞力的年輕君王。

裘昊天的傷勢如意料中糟糕，從回到吉祥宮迄今，裘昊天陷入重度昏迷，不論外界給予怎樣的刺激他一概沒有反應。

失血時最怕昏迷，一旦昏迷，醒過來的也可能只剩行屍走肉。御醫群終日圍繞裘昊天身邊，李雀與楊燦也很講義氣，恪守與邢霍斌的約定，整天輪班陪同，就怕一個閃失，裘昊天駕鶴歸西。

就連楊燦這種神經大條的人也看得出宮中的詭譎態勢；邢霍斌不僅要面對殛天芙蓉的侵略，還要對抗宮中的不安分勢力。雖然邢霍斌的確是先皇邢釋天的唯一子嗣，擁有朝臣無法反駁的絕對繼承權，可惜由於先皇死的實在突然、邢霍斌又太過年輕，兩相造就的結果就是部分朝臣心中不服。作戰最忌諱不打先分，邢霍斌的處境左右為難，若是戰力驚人、同時也是邢霍斌好友的裘家軍領袖裘昊天一死，邢霍斌更會因為喪失左右手，處境變得更加艱辛。

楊燦不由得嘆了口氣，在吉祥宮內，想要暗殺裘昊天的人恐怕不下一打吧？邢霍斌又尚未立后，沒有有用的外戚勢力依靠，狀況只能說慘字上頭再加個慘字。

「我說裘昊天，你若真是邢皇摯友，就爭氣點！趕快清醒、趕快好起來！我看這吉祥宮滿是想扳倒邢皇的邪念鼠輩。你一定要趕快醒過來呀！」

李雀痛心疾首呼喊，只要一個字，只要裘昊天能聽見一個字她便心滿意足。

「我們已經盡最大努力，現在就看裘昊天的求生意志。他不是一個願意輕易服輸的人。我們要相信自己，更要相信他。」

楊燦善解人意拍拍李雀的肩膀，其實這番說詞也只是好聽話，他知道以裘昊天的傷勢，何時魂歸西天都不意外。

「楊燦，你認為……如果昊天真的無法度過這關……裘家軍會為了國家大義委屈在邢皇手下賣命嗎？」

「妳都用『委屈』兩字，還需要我提供看法？」

「唉……對裘家軍而言，他們的國家、神，全都是由裘家軍領袖擔當，邢國的生死對他們根本無關痛癢，一旦失去裘昊天，邢皇在面對那群該死的婆娘前，恐怕要先想辦法擺平內患。」

楊燦與李雀相視不語，眼神無不透露對未來的莫可奈何。眼睜睜看著局勢往慘烈結局邁進，卻沒有辦法阻止，他們不想要陷入後悔、自責的情緒，然而他們又能假裝一切都能有所好轉、事情沒有預想的糟嗎？

李雀哭得悽慘，楊燦除了輕輕摟著她、低聲安撫外，若有似無的情愫在這對男女身上萌芽。

※ ※ ※

「無奈裘昊天失血過多，意識昏迷，原本就對邢霍斌諸多不滿的裘家軍更如一盤散沙。不，散沙都算好聽話了！此刻的裘家軍如一把雙面刃，隨時等著取邢霍斌性命以洩裘昊天重傷之恨！」

我飲了口茶，為接下來的劇情起頭，一旁抱著雛子的少婦急得掉下了淚水。

「要是昊天哥哥看到這種情形，心一定如刀割疼痛！他跟霍斌哥哥情同兄弟，裘家軍又如他的家人，兄弟鬩牆，這可怎麼辦才好？」

少婦低聲抽啜泣，見娘親情緒不穩，雛子伸出肥胖小掌胡亂揮舞，像是想安慰娘親，我索性接過幼子摟在懷中。

「我說過這玉笛不會要去裘昊天小命。

大概是昏迷將近三天三夜吧？當時戰況如火如荼，喜多山脈的大火只要一停、煙霧散去，殛天芙蓉的魔爪將即刻伸向邢國。裘昊天一直處於半睡半醒狀態，我記得當時他是那樣說的——」

※　※

裘昊天總算睜開雙眼，然而他的眸瞳混濁，壓根無法對焦。他的面色蠟黃，健壯的身軀瘦了一大圈，樣貌雖然仍算俊秀，卻積聚死氣。御醫擔心他是迴光返照，趕忙吩咐其餘隨從火速找了邢霍斌過來。

邢霍斌心急如焚趕到內殿，裘昊天的眼睛頓時一亮，他氣喘如牛抓住邢霍斌的領子，將對方扯到自己面前。裘昊天側腹的繃帶因為施力不當染上充滿鹹味的鮮血，邢霍斌連忙壓住裘昊天讓他不能再輕舉妄動。

「三千、三千人！霍斌！」

「我知道，那個叫做李雀的姑娘已經告訴過我。」

裘昊天鬆口氣，全身癱軟摔回床榻，好在邢霍斌在同一刻撐住對方，否則這一摔，裘昊天又要再躺上大半個月。

「我說……」

裘昊天再次拉住邢霍斌，邢霍斌趕忙將耳朵貼了過去。

「我用……鮮血……換來情報……你……如果……讓邢國……輸給那些……婆娘……

我定饒……不了你！」

邢霍斌覺得彷彿有某種力量正抽出他的臟器，將滿腔熱血燒得滾燙。裘昊天這番話比全邢國百姓給予的期望更加沉重。

這番警告可是猶若兄弟的裘昊天給予的血誓呀！

門板突然被用力摔開，無端闖入內殿的人正是鍾楚。

「你們這些混帳東西，昊天醒了居然不是先叫我！昊天！」

鍾楚有意無意擠開邢霍斌，邢霍斌識相讓出位子。鍾楚握緊裘昊天無力的手，眼神充斥著不捨與憤怒。

「你能撐下去的，對吧？你是裘家軍的領袖，不會這樣輕易死去！答應我，昊天！」

「鍾楚……」

裘昊天氣弱猶絲應著，任誰也看得出來裘昊天現在是用意志力支撐自己，否則以他的傷勢，根本不可能有氣力答話。裘昊天餘光掃向矮桌放置的野鳳。裘昊天使盡氣力抽劍指向鍾楚，鍾楚腦筋一片空白，在十萬火急間閃過野鳳的劍鋒。

「——鍾楚！你忘記了嗎？裘家軍要效忠的是劍的擁有者而不是我個人！我……如果我撐不下去……咳咳！野鳳該……咳！歸順……降龍。」裘昊天用手捂住嘴，指縫滲出點點血花。

「我……將這把劍……交給邢霍斌。聽到了嗎？這是……我……現任裘家軍領袖……

裘昊天的命令！」

鍾楚的腦袋再度空白。裘昊天的命令在他耳裡聽來誠如遺言。

邢霍斌跨步走上前，他抽走野鳳，強硬將裘昊天壓回床上。

「——撐下去。」

他的語氣強硬，邢霍斌不要裘昊天有其他選擇，裘昊天虛弱微笑。

「該來的……還是會來，你擋不住。」

「但那不會是現在！」

邢霍斌急了，語氣不復往昔平穩，他的大動作不經意掃掉一旁的精緻花瓶，瓶身不留情面碎裂一地。

「你說過除了我誰都不會輸！你要背棄誓言輸給那群只會耍猴戲的臭婆娘嗎？回答我，昊天！」邢霍斌的語氣蠻橫粗魯，絲毫沒有一代帝王的格調。

李雀與楊燦此時正好進來，聞聲趕緊拉住震怒的邢霍斌。裘昊天眼神渙散，天知道他有沒有將邢霍斌痛心疾首的呼喊聽進耳裡？

「陛下，昊天現在需要靜養，你在這大聲嚷嚷，我看昊天最終會死在你的嗓門下！」

楊燦半開玩笑規勸，邢霍斌的怒氣慢慢退下，他用力掙脫楊燦的手，不發一語轉身離開。

裘昊天頭一撇，兩眼閉闔再度昏睡過去。

邢霍斌掩不住害怕與憤怒，他不清楚自己的盛怒是對傷了裘昊天的諸多飛天亦或是送摯友上死途的自己？

他不明白，他不想也不敢明白。

即使不是血濃於水的親兄弟，邢霍斌和裘昊天那股超越血緣的友誼，讓他們在精神上彼此扶持，裘昊天的傷勢雖然沒有奇蹟似瞬刻好轉，卻也越漸康復；裘家軍儘管對邢霍斌派遣裘昊天送死有諸多怨言，但他們的忠誠終究讓他們放下私心，盡可能幫助邢霍斌。

邢霍斌多年學習兵家之術，在成年之前與裘家學習那種不按牌裡出牌的戰略計謀，正是他的祕密武器。

居住都城的邢國百姓全部被強制遷入地下碉堡，地面上的建築障礙也差不多部署完成，民宅被邢國軍隊裝置成針杈，邢霍斌深信這麼一來飛天必定要安分在地面上與邢國士兵作戰。

「霍斌……愁眉苦臉的幹麻？已、已經長得夠蒼老，再這樣……悶不吭聲，鐵定老得能當我爹。」

邢霍斌轉頭，眼見來者是眉開眼笑的楊燦與李雀，出聲的人竟是坐在輪椅上、大病初癒的裘昊天。

「昊天！你醒了？怎麼不再多休息一會？」

「拜、拜託這點小傷……用口水擦擦都、都會好……」

裘昊天揚起逞強的笑容，上氣不接下氣回話。

「我才跟你拜託！是誰因為這種口水敷敷都會好的傷昏迷不醒？惱得我跟楊燦日夜求神拜佛！」

李雀嘲諷，其實她是是欣喜大於責怪，她由衷對裘昊天的康復感到開心。裘昊天的四肢虛軟無力，必須靠輪椅代步，理應躺在床上靜養，然而他卻因為擔心邢霍斌狀況，不顧御醫攔阻執意前來，李雀和楊燦拗不過他的死性子，只好摸著鼻子幫忙推輪椅。

「陛下，現在情況如何了？有沒有我們可以幫忙的地方？」

※　※

「江湖道士當了這麼多年，仰賴『人心』吃飯的楊燦相當懂得察言觀色，他明白此刻邢霍斌的痛，趕緊打了圓場，幫助對方脫離這思維。」

「除了昊天哥哥以外，我也挺喜歡楊燦哥哥。」

抱在懷中的雛子仰頭，頑皮抓了我遮掩面容的花白瀏海，他稚拙向我表達感受。

我笑道：「那邢霍斌呢？」

「不喜歡！因為他害慘昊天哥哥！明知道飛天有多危險還要他送死，不喜歡。」

「是呀！所以這是他一輩子都無法原諒自己的罪過……一再的害苦朋友、一再因為自己的魯莽痛失所有。

不如我們將焦點轉到那群可怕的女人身上？現在也該關心一下飛天那邊的發生的大小事。話說……」

※　※

話說那殛天芙蓉殺生甚多，冤魂亡靈在夜間復魂，雙雙仇恨怨毒眼眸尾隨夢魇侵蝕，殛天芙蓉夜裡自然不得安眠。沒法安穩休息讓她更增添病態，倦怠感使她眉宇間少了幾分銳利，反倒令人感覺楚楚可憐。

「這場火燒可真久，恰好給這群鼠輩有時間交辦後事。」

殛天芙蓉的冷哼換取全體飛天的尖銳笑聲，殺光人類、居住富饒土地已經成為飛天心心念念的夢。

人類與飛天看來是截然不同的生命，實則不然，人類與飛天其實極其相似。飛天的無道虐殺與人類的保家衛國就根本來說是一體兩面，兩者說穿就是源於一個懼字。飛天懼老、懼死，人類亦然，害怕釀造本不該發生的天地大戰。

無故失墜人間令飛天絕望，無法回歸熟悉的天上世界的她們心態丕變。既然無常世事不願憐憫她們，她們也要讓萬物蒼生感受她們日夜啼血之痛。

殟天芙蓉雙手交叉胸前，烏黑大眼因急躁微瞇。喜多大山的業火映入眼簾，她想起自己降生人間的剎那，癲狂，永恆，如夢似幻，揚起一遍交合天地的危險火光。

她是背負眾飛天悲願降生，殟天芙蓉的存在彷彿精心製造的烈焰，為人類以她搖曳生姿的美麗容顏獻上精彩絕倫的死亡。

殟天芙蓉不自覺洋溢魅笑。為了向人類復仇？替失墜的飛天找到新的歸屬之地？這些全是他人自以為是的妄念。她擁有柔軟鮮紅的朱唇、靈動的眼瞳、最無法直視的陰性形象、使眾生淪陷的駭人魅力，殟天芙蓉從不在乎其他飛天想要她帶來什麼，或者她能帶來什麼，她從不想要眾人愛戴，她只想向世間餽贈絕倫的災厄，只想讓時間懸停在她外表最完美的時刻。

對殟天芙蓉而言，重要的永遠只有自己，只有這具無人能及的絕色皮囊。

殟天芙蓉早察覺自己炫目的肉體正邁向色衰肉弛的毀滅，因此她將力量分散給其他年輕飛天，試圖以此減損自己衰老的速度，可惜徒勞無功。

她憎恨所有可能會見著她褪色美貌之人，她懼老、懼死，她拚了命想維持亙古不變的美麗。

因此殟天芙蓉要殺，殺光所有人，耽溺虛華外表的天之神女，五蘊纏身，屠躪茫茫蒼生，淪入魔道。

待喜多山脈的參天業火熄滅，殟天芙蓉將率領所有飛天衝入邢國，屆時世界將被哀鳴與血霧籠罩，她引頸期盼，只有萬物之死足以匹配她肉體的衰亡。

楊燦站在城牆一隅，面色凝重看著昔日模樣不再的都城。百姓被妥善安排進入地下碉堡，屋宅則受邢霍斌詔令趕工，如今平凡房舍儼然蛻變成人間煉獄。小至一磚一瓦，全讓工匠安裝上大小不一的石筍，向空開綻的尖狀物鄰鄰而立，夜風穿梭其中，鬼哭神嚎的淒厲哀鳴不絕於耳。

楊燦熟讀經理，他不由得想起那聳動人心的篇章——五百億劍林地獄，五百億刺林地獄，五百億銅柱地獄，五百億鐵機地獄，阿鼻之景油然生之。

邢霍斌受飛天之亂牽連，形象早被百姓妖魔化。而他將百姓置於地底、改造民宅的命令，更使萬千人民深信他是與飛天同流合汙的修羅惡鬼。

曾擔任神壇之主、替人解惑祈福的楊燦，不是沒聽過街坊百姓對邢霍斌的不實指控。楊燦多次向邢霍斌進言，希望邢霍斌能先安撫百姓躁動的情緒再思考戰事。俗話說安內攘外，百姓的心與在天地大戰中攢出生機同樣重要。可惜楊燦的苦口婆心從未被邢霍斌放在心上。由於裘昊天重傷，更使邢霍斌對飛天的憎恨超越一切。除了掃除飛天，其餘瑣事都不重要，縱使這些他眼中不屑一顧的將危及他的政權、令江山社稷易主也一樣。

這種為達大義不惜玉石俱焚的危險想法讓楊燦覺得好似在哪見過，他的思緒回到身處喜戎礦坑、裘昊天隻身殺敵的凜然身姿，他恍然大悟，他總算發現為何邢霍斌會將自己最真摯的朋友送上死途。原因無他，裘昊天跟邢霍斌是極其相似的人，他們就像彼此的分身，本質雷同難以分捨，執著、好強、年少輕狂，為達目的能犧牲一切，包含自己，或者說他們最願意犧牲的就是自己。

「楊燦先生在這做什麼？工事未完，這兒不安全，還請移駕吉祥宮。」

監工的東方將軍易艷凰見著站在高處眺望的楊燦，信步而來，身穿輕甲的她，慣用手依舊纏著繃帶。

「易將軍。」楊燦鞠躬，眼神望向易艷凰的右手，「將軍右手還好嗎？是舊傷未癒？」

「不礙事，說穿了也不過是艷凰過於輕率使用不合自己的武器，才讓手腕受傷。邢皇陛下已傳工匠替艷凰打造輕巧武器，艷凰依然能在戰場奮勇殺敵，絕不累贅。」

楊燦搔搔頭：「易將軍明明曉得我詢問傷勢不是出於質疑……」

「艷凰沒有諷刺先生之意，得罪之處懇請海涵。不過艷凰仍請楊燦先生離開此地，這兒工事未完，先生是陛下的貴客，艷凰必得好生招待。」

「我先謝過將軍好意，我再看一會就會自行離開。」

楊燦鞠躬示意，而後像是想起什麼，楊燦與易艷凰四目相對。

「我可以向易將軍請教一事嗎？」

「旦說無妨，先生無需與艷凰客氣。」

易艷凰相貌秀麗，即使與飛天相比也不見得遜色，但她的氣質不帶分毫妖媚，易豔凰的周身氣息盡是颯爽，五官雖美，眉宇卻帶有男子英氣，烏黑眼瞳駐映忠貞火光，楊燦確信自己能與對方談論令他憂心忡忡一事。

「在故鄉被毀前，我是神尊城近郊的神壇之主，我的職責是替當地居民消災解禍。講得這麼神祕，說穿也不過是藉神佛之名安撫百姓。在擔任神壇之主時，我聽過許多關於邢皇的不實傳言。」

楊燦望向遠方，臥伏屋頂的工匠日以繼夜加緊趕工。敲擊石材的聲響猶如喪鐘，一下尾隨一下，聽得他渾身僵直。

「有道是不語怪力亂神，可惜先皇走得離奇又甫遇飛天來襲，致使邢皇因此遭受無妄之災，邪魔轉世等不實指控層出不窮，我聽到的絕對比流傳皇城的更加誇大。現在陛下為力抗飛天，將民宅改建得如阿鼻地獄，勢必會在百姓間燃起新風暴，我深怕天地大戰結束，陛下將遭遇另一場劫難。」

楊燦大步向前：「東方將軍，妳出生民間，倘使真有一天百姓執意與邢皇對立，妳會選擇幫助哪方？」

出乎楊燦意料，易艷凰給了相當震撼的答案。

「如果邢皇與民之所願背道而馳，艷凰會毫不猶豫站在百姓這方。」

易艷凰搶在楊燦發問前繼續道，聲音輕如耳語。

「艷凰出生民間，為易家庶女，擔任東方將軍是為調和民間與王室關係。如果陛下真的不再為民之所向，艷凰會毅然決然捨棄他。但艷凰身為東方將軍，捍衛皇族安危至死方休也是夙願。倘使有一天艷凰為了蒼生必須犯下弒上之罪，艷凰會用一輩子償還，即使是輪迴轉世亦不變卦。」

楊燦審視目光溫柔又堅定的女性將軍。

「真是的，我怕死怕成這樣，偏偏遇見一群置生死於度外的英雄好漢。」楊燦垂首。易艷凰以帶著智慧與深思的目光投向楊燦。

「艷凰並非英雄好漢，艷凰與常人一樣，非到最後關頭不會輕易捨棄生命。是人都懼死，艷凰亦不例外。國難當頭，身為邢國子民貢獻自己最大力量扭轉逆境乃義務。先生拚死救出裘家軍之主裘昊天，在艷凰眼中，也是一代好漢。」

易艷凰滿腔熱血的肺腑之言讓楊燦無地自容，直想找洞鑽。東方將軍一逕自若的堅強微笑讓他赫然想起自己忘記一件重要大事。

楊燦忘記自己握有一樣足以改變局勢的跨時代發明——佛之禮物。

「感謝將軍開導！我要趕緊向邢皇貢獻我的棉薄之力！」

佛之禮物的功效無不使人興嘆。朝臣、工匠，就連邢霍斌都震懾佛之禮物的強大殺傷力。得知配方的邢霍斌立即要匠師大量製作，皇城閒暇的學士與藥師，全加入製作佛之禮物的行列。

邢霍斌確信這回終於能將來犯飛天一網打盡，吉祥宮的丹楹刻桷，朱閣青樓，全部會成為飛天最富麗的陵寢。

喜多山脈的熇熇焱焰，終歸燼滅。

殛天芙蓉率領浩蕩大軍壓境奔來。

湛藍天穹傳遞死訊，傾巢而出的飛天無懼荒濁年危害，以驚人速度朝吉祥宮飛湧。豐澤綽約的傾世身姿，飄散雲霧間的烏亮雲絲，翻騰奔赴的原初仙樂靡靡繚繞，珠華羽衣纏繞飛天玉臂，她們的模樣端麗神聖。

飛天曾是人與神最密不可分的連結。

墜化人世的飛天本性受五蘊影響，墮入魔道，累累犯下不殺生戒。她們以肉體記錄歡愉的爭戰，用扣人心弦的甜蜜嗓音詠歎虐殺的喜樂，神化的身姿逐漸入魔，空剩一具依舊艷絕的皮囊。

飛天須臾穿越巍然不動的喜多山脈，相連的邊境城鎮寂若死物，殛天芙蓉看也不看揚長而去。今日她真正在意的只有皇都吉祥宮，只要滅了邢國的核心，她就能獲得真正勝利。

與飛鳥同競的速度使飛天轉瞬將崑崙大陸、喜多山脈拋至身後，千名有餘的飛天部隊不比從前雜兵，各個貌美無常，體能卓越，殘酷非凡，是萬中選一的菁英戰士。

干雲蔽日的吉祥宮進入飛天的可視範圍。

她們卻兀地停滯於皇都牆外。

詭譎的建築物出現飛天眼前，櫛比鱗次的屋宅宛如伸出死亡觸手，石筍似的加工物雄偉壯觀。飛天面面相覷，在她們有限的記憶中，不曾看過如此奇詭的人類建築。殛天芙蓉嗤之以鼻，她沒想到愚蠢的人類居然以為這種騙孩童的防禦能阻擋她們的攻勢？

殛天芙蓉雙臂一張，掌心凝聚旋轉的點點星火。

「通殺。」

星火如花瓣緩緩飄落入石叢，針狀石塊爆裂，粉塵飛揚，霎時遮蔽飛天的視線。粉碎的石叢並沒有為飛天敞開勝利的道路，受殛天芙蓉攻擊破壞的石叢反而蛻變成更險峻的阻礙物。土石剋火，火焰仙法無法與之對抗，粉塵又阻礙視線，飛天進退兩難。

殛天芙蓉糾結的美顏揚起怒意，無法凌空進攻的不朽碉堡不僅延緩人類滅絕，更令她們莫可奈何，殛天芙蓉咬緊銀牙。

「殤官。」她呼喚四妹中的第一智囊。

「妾身在。」

回應殛天芙蓉，藏身後方的殤官出現，她極為靈秀，如果說殛天芙蓉是充滿力量的炫目魔物，殤官就是那蜿蜒小溪旁最精美的水澤之花，她無暇的純真容顏讓人無法相信她會傷害他人，真相是她能，而且是以雷霆風行的手段虐之殺之。

「爾能將祕密、隱藏的真相重現眼前，雖然僅限過去，對吧？」

「是的，殛天芙蓉。妾身的眼睛能窺看一切已發生之事，這是妳賜予妾身的原初恩典。」

「所以，若吾向爾取回，爾不該有任何怨言吧？」

殛天芙蓉探手一揮，在殤官理解狀況前將她擊斃。千里眼的異能歸還原主，殤官白皙的額頭上多了只窟窿，血霧噴出，她的身軀往後一倒，直入石叢，石叢貫穿殤官早已亡故的身軀。

萬物收攬眼眸的能力回到殛天芙蓉身上，回歸原主的能力比起在殤官身上強大許多，只要殛天芙蓉願意，她甚至能將所見一切以幻影再度呈現。她瞇起眼掃視異樣建築，看見其中邢霍斌刻意留下的祕密通道。

她驀然狂野顛笑：「勞民傷財也要給吾的甜蜜邀約嗎？想將吾等引入宮中決一死戰？」

殛天芙蓉從不怕應戰，她找不出自己會輸的原因。火焰仙法對石叢確實束手無策，但對人體豐美的脂肪仍是利器。

殛天芙蓉發誓要讓所有妄想挑戰她的人知道什麼叫以卵擊石。

邢霍斌停止冥想，沉默起身，晨曦籠罩他俊逸挺拔的身材。

裘昊天眺望逐一降落的殘影低語：「來了。」

傷病未癒的裘昊天執意參加戰鬥，邢霍斌沒有拒絕，因為他知道除非打暈裘昊天，不然他拖著虛弱身子爬也會爬到戰場。

「我看還是由我去將飛天引誘進入朔和殿！吉祥宮這麼大，她們跑錯地方就不好玩咧。」裘昊天抽出野鳳，興致勃勃道。

吉祥宮是由三大殿、十七閣、內庭六宮組成，三大殿分別為朔和殿、紋和殿、武和殿，其中以朔和殿為頒布詔書、謁見官員、舉行重大祭典的殿堂，孰為重要。

「不成。你傷口未癒，你以為憑你現在的狀況跑得贏她們？」

「這個傷口不會影響我的速度，身為邢皇的你，還是坐鎮主殿來得實際。」

邢霍斌語氣嚴厲，話卻說得相當不正經：「你那速度？說出來是要讓我笑話？非得要我說你的腿比我短，跑不贏我嗎？」

「你是又老又傻嗎？誰跟那群婆娘跑，我不會騎馬嗎？論全天下，沒有人騎術能勝過裘家軍，而我又是其中騎術最好的那位！」裘昊天自豪道。

今日一戰，邢霍斌不顧朝臣反對執意將主戰場安排於朔和殿，他甚至不惜主動摧毀吉祥宮，只為了親自與殛天芙蓉決一死戰。

各大殿與宮閣皆部署精兵，裘家軍更是被佈署在幾個首當其衝的據點。裘昊天逢凶化吉的奇蹟康復令裘家軍士氣大振，積極參與邢霍斌的計畫。

或許將這一切準備稱做「計畫」過於冠冕堂皇，邢霍斌所謂的計畫不過就是將飛天引進吉祥宮，再殺她個痛快。

當然，為防止飛天逃出宮殿，他另外設置完美結界——用大紅燈籠隱藏的「佛之禮物」。

「不過說實在……」

裘昊天定定凝視他幾乎認識一輩子的朋友，以熟悉明快的聲音道。

「你為什麼執意選擇將朔和殿納為主戰場？朔和殿是最重要的宮殿，就算這裡最顯眼，也沒必要選在這。我是不太在乎，但根據那些朝中老頭所說，朔和殿是承襲邢國皇室先祖的重要據所，你的打算讓他們非常不滿，我不明白你何故搬石頭砸自個腳。」

邢霍斌好半晌一聲不吭，他忖思是否該撒謊瞞騙摯友，沉默過後他緩緩吐實。

「父皇橫死在朔和殿，因為他的猝死，使我不得不接任皇位，這裡是他身為邢皇的結束、我身為邢皇的開始，因此我想在這將一切事情終結。」

裘昊天搖頭：「不值得，這不值得，霍斌。」

「不帶著玉石俱焚的覺悟是無法贏過殛天芙蓉，我有……這個感覺。」

裘昊天無可奈何手一攤，微微勾起嘴角。

「霍斌，我這輩子有兩個願望，兩個都能達到最好，如果只能實現一個也罷。一個是堂堂正正贏你一回，另一個是為我最好的朋友獻出生命。」

邢霍斌抽出降龍，降龍與野鳳劍尖互碰。

「我也一樣，但第二個願望……我想你這輩子是達不成了！我不需要你為我付出性命。這次戰役結束，你儘量試試能不能完成第一個。」

裘昊天換上一個符合年紀的調皮微笑。

「這回換我對你說，活下來，霍斌。」

他突而說道，野鳳散發綠光，野鳳的綠光與降龍藍光相互生輝，光芒讓兩位少年英雄的英姿格外耀眼。

「一切照計畫來，計畫外則是殺一個算一個。」邢霍斌微笑。

沒有血緣卻情同手足的兩人極具默契對望，然後反向離去。他們的分別無須言語，他們知道即使身處異地，彼此的心仍緊密在一塊。

第八回：墮入魔道

撼天戰鼓宣囂，慷慨激昂的音響令人震顫。埋伏宮中的裘家軍成員與禁衛軍如洪水兇猛湧入，將入侵飛天團團包圍，以鈍器利刃與之廝殺。

李雀靠著輕盈身軀於宮闈來回奔走，她輕巧翻越樑柱，在最佳時機啟動楊燦的佛之禮物。佛之禮物是最佳援軍，在李雀拿捏得宜的引爆下，既掩護友軍，又讓飛天瞬刻擁抱死亡。

易艷凰斜身劈開敵軍，她左手腕甩直，刻意將鐵延展至極限的輕薄劍刃如蛇掃向敵人，間不容髮將進犯者削成肉片。飛天的娉婷身姿翩翩起舞，薄如蟬翼的霓裳羽衣挾帶星火襲來，她揮刀斬斷。羽衣破片與污血如花瓣飄飄蕩蕩，飛天如花綻放，如花凋零。

透過逞強欺騙得了別人，終究騙不過自己，易艷凰心知肚明她的手腕仍不適合登上戰場，然而身為護衛吉祥宮的東方將軍，她沒有理由也不可以逃避出征。受腕傷分神的易艷凰忙於招呼眼前敵人，忽略背後舞槍突刺的飛天迅疾朝她飄來。

「危險！」

鍾楚朝飛天呼斥衝去，他衝到易艷凰身後，以魁梧的肉體當作盾牌，銀白長槍從鍾楚背後直刺而入，槍頭穿過他的身體，恰巧停在易艷凰胸前。

鍛鍊多年的肌肉卡死飛天的長槍，應是讓敵人繳械，鍾楚反手給予對方一劍，在飛天死去後一齊淌血倒地。

沒來得及託付什麼，沒來得及後悔，鍾楚雙眼圓睜嚥下最後一口氣。

大驚失色的易艷凰僵直背脊，雙眼盈滿水氣，她從沒料過奔放自由的裘家軍會為素昧平生的她犧牲性命。

生命的光輝，人性的真善美，有時候非到最後關頭才會顯現。

殛天芙蓉從不在意同族夥伴安危，縱使今日飛天遭逢滅族也無關痛癢，她低低飛翔，透過從殤官身上奪回的能力為所欲為。

沒有任何秘密暗道能於她眼裡隱瞞，殛天芙蓉知道邢霍斌在哪等待自己，面對人類不自量力的戰帖，她勢必要讓對方生生世世後悔。

邢霍斌急速穿越長廊，雖然他不曾與殛天芙蓉正式交鋒，同樣身為「王者」他依舊能猜到這名艷絕非凡的飛天領袖會做出什麼判斷，邢霍斌深信對方正發瘋般尋找自己的蹤影。

邢霍斌英特邁往的臉孔映耀堅決神采，大紅燈籠高掛，朱紅光澤增添血氣。

連接宮、商、角、徵、羽與白、赤、黑、黃、青，五色五音的朔和殿，壁壘森嚴，佔地最廣，色彩淡雅的枯石山水層層環繞，乃吉祥宮整體建築的中間殿宇，是一代皇帝從生至死的囚禁之地。

邢霍斌大步離開朔和殿走向廣場，矗身最為顯眼之境，邢霍斌不相信殛天芙蓉無法找到他。

「孤在這裡——殛天芙蓉！」

陰風將邢霍斌及肩的烏黑髮絲穿得散亂，英挺身軀環繞肅殺之氣，中氣十足的呼喊在空曠的廣場迴盪不止。

慵懶白光順應邢霍斌的召喚而來。寒冷、駭人，以一襲夢中殘影步入凡塵的殛天芙蓉現身。她的右側盤頂精緻髮髻，狂野警戒的眸瞳、白皙臉頰泛起激情紅暈，殛天芙蓉以舌尖舔舐嘴唇，每處孔穴都散發沸騰殺氣。

最美麗的事物往往蘊含最恐怖的危機，殛天芙蓉正是最佳證明。

「孤，初次與妳見面，妳確實如傳說美的不可方物。」

邢霍斌舉起降龍，降龍勻稱的銀灰色光芒在殛天芙蓉面前為之黯然。

「吾，並非初次看見汝，這雙眼睛非常方便，吾當初不該分予殤官。」

她的聲音迷濛，如蜜釀的鴆酒。

「雖然孤挺想與妳酣暢淋漓聊上好幾個時辰，不過以我們彼此的身分，除了一戰外，別無其他選擇。」

語畢，邢霍斌急驟轉身，掉頭跑離廣場。

「站住！」

殛天芙蓉完全沒想到眼前氣宇軒昂的一國之君竟會不戰而逃。

食指與拇指相扣，邢霍斌熟練吹出聲響，等待已久的赤血良駒從暗處躍出，邢霍斌拉起轡繩翻上馬背，胭脂前蹄立起，他拉轉馬頭，將景物甩至身後，不顧一切向目的地狂奔。

殛天芙蓉，墮落人間的飛天集聚破碎靈胎合成的悲鳴，一切攻擊仙法的開山始祖。她的眼眸燦然生輝，眼瞳挾帶舉世間最怨懟的咒詛與殺意，殛天芙蓉的目光擁有萬物無法與之抗衡的魔力，遭殛天芙蓉瞪視的物件脹大，看不見的力量將之化為烏有，她憑藉一道眼神讓事物化為塵埃。

邢霍斌苦笑：「真是好眼力！讓人難以招架！」

逃命的路途中，邢霍斌不斷遇見廝殺正激烈的禁衛軍與飛天，他大聲吆喝他們離去，見著後方震怒尾隨的殛天芙蓉，人類、飛天不分敵我全部逃之夭夭。

殛天芙蓉運用凝視將仙法發揮到淋漓盡致，她反覆投射的凝視讓物件炸裂，偶而逃過她凝視的事物則被她的纖細手腕徒手撕成碎片。

邢霍斌來不及閃避一道犀利目光，銳利的痛楚擦過額際，溫熱鹹味流至眼睛阻礙視線，邢霍斌伸手抹去額際血跡，右手仍未鬆開轡繩。殛天芙蓉是脫離夢境的真切夢魘，死亡與壞滅合而為一的美麗實體。

「吾不想再跟爾沒完沒了追下去！」

後方甜美的嗓音轉為熾熱嘶叫，殛天芙蓉於指尖燃起火焰，隨手一括，焱飛，命中胭脂，胭脂雙眼一翻、四肢失去力氣癱倒在地，千里良駒強壯的身軀抽搐，停息在自己的血泊中。

邢霍斌透過翻滾中和墜馬的速度與減低傷害，他心中咋舌，這樣的狀況他並非沒有料到，只可惜比他預想的更快。

殛天芙蓉信手抽起牆上裝飾的華美長劍，霓裳羽衣纏繞劍身。

「速死不會是爾之結局，吾要將爾茹毛飲血，將爾的肉身一片片削下，頭顱高掛宮牆！」

「多說無益。」

邢霍斌逼近殛天芙蓉，毫不猶豫揮劍。

劍毫無窒礙劈開雅麗羽帶，殛天芙蓉靈機一動，讓破裂的羽衣纏住長劍，以長帶控制綁縛的劍身攻擊。

羽帶靈活飛捲，邢霍斌下腰閃躲，劍刃從他的鼻尖上方水平圓斬，風聲破空呼嘯。殛天芙蓉旋舞腰支，蔻丹手指結出吉祥法印，飄飄羽衣挾劍不斷朝邢霍斌攻刺。

邢霍斌不著痕跡且戰且退，劍藝上他有絕不輸人的自信，卻不願意跟殛天芙蓉賭上一回，當務之急是在對方再度使用仙法前盡可能削弱她的戰力。

羽衣與劍再次凌厲襲來，邢霍斌側身，降龍直取對方喉嚨而來。殛天芙蓉扭動腰支，翹袖折腰，幾縷被削去的青絲飄散空中。羽帶隨殛天芙蓉的意志兜攏而回又或俐落彈射，邢霍斌拂袖，單腳一蹬，無懼死亡再次向殛天芙蓉進攻。

他詫異發覺自己與殛天芙蓉的殊死鬥竟像虛實相生的舞蹈。

「吾要殺，吾要咒詛！吾要看爾等人類極端悲痛！吾要用最恐怖的血咒磨損爾等靈魂！吾要爾永世輪迴在懼怕之下。」

殛天芙蓉的幽幽嗓音竟如雷貫耳，字字恨意滿盈的詛咒讓對戰的邢霍斌聽得毛骨悚然。

「飛天為什麼這麼憎恨人類？」

他脫口問道。

「爾等人類是造就吾等飛天墜入塵囂之孽因，不見爾等屍骨無存，吾無法靜心！」殛天芙蓉嘶吼。

「毀滅是自己的因果孽報，休要怪罪他人。」

邢霍斌以十分冷酷的聲音斥責殛天芙蓉，話才脫口他卻愣住，他似乎在那瞬看見殛天芙蓉怔營心虛的模樣。邢霍斌不明白他以人類之姿做出的指責竟是飛天最懼怕聽到的控訴，飛天怎麼能接受失墜於世的理由源於自身業障？

殛天芙蓉的舞姿不再剛柔並濟，略嫌拖泥帶水的擰動證明她原本平靜的心正掀起滔滔巨浪。見著機不可失，邢霍斌舉腿猛力踢往對方平坦的小腹，猝不及防的踢擊使殛天芙蓉被震退數步，登時撞上兩側高懸的大紅燈籠。

「成了！」

邢霍斌以劍氣挑起隱藏的細線，橫手一扯，細線牽引大紅燈籠內的佛之禮物，火光尾隨爆炸聲迅猛出現，殛天芙蓉怔愣，佛之禮物直接在她身上爆炸。

佛之禮物將殛天芙蓉炸得皮開肉綻，屬於神佛妖魔之流的她，壽命比人類更為頑劣，縱使全身上下沒有一處完好肌膚，白皙皮膚沾滿血汙，通紅的肌肉紋理翻出，殛天芙蓉卻仍站姿挺直。

那份籠罩死亡陰影卻又不屈服的堅毅身姿，邢霍斌看得癡迷啞口。

「吾……亦有大限之期？」

渾身欲血，痛覺麻痺，殛天芙蓉猶若夢境初醒喃喃。

「歷此結局吾心有不甘！吾是為仇恨而生，吾乃萬千至尊，吾要千秋萬世永立於世！」

從熟悉世界失墜至陌生人間，對生、老、病、死之懼怕，使飛天性情丕變。藉由戰鬥，邢霍斌了然明白飛天嗜血屠虐的性格因何而生，然而不論有多少冠冕堂皇的理由，她們都沒有權力主宰另一物種的生死。

邢霍斌不會寬恕飛天，更不會憐憫殛天芙蓉，那樣的同情太過廉價。他將心中複雜情緒悉數隱藏，以凌厲眼神掃視殛天芙蓉。

「難不成要吾坦然接受一切？爾不要用這種眼神看吾！」

體無完膚的殛天芙蓉咻地朝邢霍斌衝來，不惜命的氣勢讓邢霍斌折服，一時間竟忘卻抵禦。

殛天芙蓉衝進邢霍斌懷中，力道過大雙雙倒地，她徒手抓住降龍，利刃深深陷進掌心。殛天芙蓉已然沒有痛覺，蔥白玉指脫離掌心，她的雙眸眨也不眨，突然癲狂吻上邢霍斌。

那一吻充斥血腥的苦鹹味，卻極具感官挑逗。邢霍斌不了解殛天芙蓉為何對他獻上所有男人都渴望的禮物。

邢霍斌瞪大的雙眼恰好與殛天芙蓉高傲、帶有狂喜的眼眸對視，她初次與男性發生肌膚之親，不自覺的官能愉悅使她高昂的情緒更加沸騰。邢霍斌完全不知該做何應對，他的思考僵在彼端。面對敵人意料外的行為他只感覺錯愕，聲音乾涸在喉嚨，武者的他居然只能身軀發僵，眼睜睜讓殛天芙蓉藉由這個吻對自己予取予求。透過殛天芙蓉的血腥親吻，邢霍斌似乎看到什麼又或者說得到什麼，然而憑一介凡人智識，他無從明白。

忽爾，一股辛辣感灼傷邢霍斌的眼睛，殛天芙蓉絕世的美豔臉蛋扭曲猙獰，鮮血自她的七竅噴出，一只散發冷森光芒的利劍從她的背心插下，穿過她的胸脯中心，停在邢霍斌的胸膛前。

邢霍斌的目光越過殛天芙蓉烏黑的髮絲與白皙的頸子瞧見滿身殺氣的裘昊天站在她的背後，此致命刺擊正是出自裘昊天之手，邢霍斌呆愣望向停滯胸口的野鳳。

裘昊天大聲吸口氣道：「如果沒有我，你該怎麼辦？你這傢伙居然被女人迷倒！好啦！是真的國色天色，那又如何？」

受到致命傷的殛天芙蓉發出無法想像的震怒尖叫，她一手揮向裘昊天想將對方打飛，裘昊天反應機警立即反向跳開。野鳳仍舊插在殛天芙蓉身上，她咬緊牙關，大力將野鳳抽出甩向牆垣，力道大到令野鳳直挺挺刺入牆面。

殛天芙蓉撐起身體，不可一世端站在那，她不願意退縮更不可能投降。殛天芙蓉曾無比魅惑的深邃眼瞳空洞，她氣若游絲，急促的笑聲充滿異樣的歡愉之情，她滿是鮮血的臉蛋擠出絕倫微笑。

裘昊天不知從何處拾回降龍劍，身形一轉，白刃劃過殛天芙蓉細長、引人遐想的頸部，殛天芙蓉身首分離，鮮血從斷頸噴發，傲立的曼妙身軀終於倒下。殛天芙蓉蜷縮倒地，無首的身體仍固執抽動。殛天芙蓉的頭顱滾向仍未起身的邢霍斌，他與那道煽笑眼神再次對上，殛天芙蓉死時仍未被恐懼掠奪，她是帶著笑意赴死。

時間彷彿凝止於殛天芙蓉嫣然的微笑中，邢霍斌的耳朵嗡嗡作響，明明解除一切危機、明明取下敵人首級，他卻不自覺有種殛天芙蓉雖死猶生的錯覺。

「雖然不該逞強，但現在仍不適合在這乾等，我那群弟兄、你手下的將領，仍需要我們，我們不做他們表率，他們連怎麼持劍揮刀恐怕都不記得。」

裘昊天拉起邢霍斌，腰傷未癒的裘昊天力量卻是強而有勁，邢霍斌怔怔看著結識多年的摯友。

不需言語，邢霍斌知道裘昊天正以獨特的方法迂迴鼓舞他。邢霍斌心中燃起振奮之火，迅速將迷惑、倦怠等負面情緒剝除。

與摯友並肩作戰讓他感受許久未有的踏實感。

領首的殛天芙蓉已身首異處，剩餘的飛天群龍無首，裘家軍與禁衛軍越戰越勇，終於解決烏合之眾，將天地大戰畫上休止符。

※　※

「真是皆大歡喜，可喜可賀呀！」

停下來換氣之餘，穿著官服的男性拍手叫好，眾人聞聲回頭，男子見目光全集中在自己身上，故作模樣輕咳數聲，解釋他拍手恭賀的原因。

「殛天芙蓉已死，排除外患的邢霍斌藉此穩固山河。裘昊天在天地之役中扮演的角色自然不容小覷，獲得一官半職也在情理之中，兩名摯友患難見真情，不是佳事？而李雀與楊燦這對生死至交，在戰亂中早已暗生情愫，我大膽推測他倆會結為連理。如此看來不是喜上加喜嗎？」

聽聞他的獨到見解，眾人紛紛點頭同意，我揚起笑容。

「爺說的真對，讓你搶先道盡結局，我要怎麼掙口飯吃？」

我身體一挺，離開身後牆壁。所有人朝我看來，茶館一片寧靜，我還未有計畫，還未想到該怎麼打發他們的目光。

故事不論我想或者不想，總算進入尾聲。

一如往常，我向圍觀群眾高聲朗誦故事結局——邢霍斌率領的禁衛軍與裘昊天的裘家軍合作無間，擄獲所有飛天，人類一方終於奪回勝利，天地大戰終結。殛天芙蓉的頭顱高掛城牆，百姓歡聲雷動，喜不自勝。

裘昊天與易艷凰雙雙獲封護國大將軍，鍾楚追封英勇侯，屍身葬於英烈祠，受萬民悼念。楊燦和李雀戰後共結連理，邢霍斌將神尊城交由楊燦治理，兩人定居神尊城助其重建，兒孫滿堂，安享天年。

邢霍斌的治世開明，死後被史官封為神武至尊，子孫延綿不絕，邢國終世富饒。一生灑脫不安於天下太平的裘昊天，在邢霍斌的政權穩固之後，率領旗下裘家軍前往崑崙大陸闖蕩，他們的足跡踏遍整座未知大陸，找到萬芍等衰老飛天的遺骸予以厚葬。裘家軍開墾盤古大陸。收服大陸蠻族，在那據地為王。裘昊天透過自己一雙手令崑崙大陸成為不亞於邢國的富饒國家，兩位無血脈相連的兄弟雙雙成為一方之王，也算是讓兩人的比試以平局收場。

倉促的收尾沒有令聽眾降低興味，此回賞金之豐讓我曉得他們喜歡這樣的結局，是人無不歡喜美滿結局。我習以為常，卻發現角落有人表情與他人截然相異。

我一凜，又是那名少女。她仍睜著那雙純良杏眼凝視我，晶瑩水氣已然滿盈。

我感到疑惑，甚至有些惶恐，心臟搏動的節奏逐漸激烈。

我已經很久沒受情緒起伏所惑，許久許久。

我帶著豐厚賞金離開茶館，一如往常的發展，我有些感嘆，一再的失落更使我不知所措。

「先生等等！」

我一直在意的少女急忙趕來，攔住欲離開的我。

「先生，那不是真的結局，對吧？」

她的長髮梳得整齊，大襟右衽交領，淡雅的妝容有著含蓄之美。

我蹙眉，她的眼神充滿除非知道真相，不然不肯離去的決心，這樣的神情我不曾在任何女性眼中看過，或許曾有，但那已是逝去的過去。

「妳不喜歡圓滿結局嗎？」

無暇細想，我的反問幾乎是脫口而出。

答案不置可否，眾人如此，我亦然。如果真相一如故事美好，我恐怕不會在午夜夢迴時嚇得擰出一身冷汗。

我旋身離去，少女卻突然開口。

「如果可以，誰會希望故事以悲劇收場？可惜世道無常，有喜有憂。我想知道真相，請先生告訴我故事真正的結局。」

我的意志動搖，我的疑問，我忘卻的部分，她能替我解答嗎？

我闔上雙眼，見四下無人，了然流動周身空氣，空氣凝滯，無形壓力湧現，包圍我與她。

「咦？」

少女驚聲，半透明身影魚貫而出，那是由我燦然生輝的眼眸實現的法術。

那些我不忍說的，全部清晰浮現，不再透過言語欺瞞，真真切切，經由幻象重現。

※　※

身披皇家華袍的男子矗立城牆之上，皇城猶如死都，比鄰民宅而建、驅敵用的石筍未拆，石筍風化揚起惱人粉塵，讓房舍陷入昏黑色調。環繞宮殿的護城河染滿血色，混濁不堪。死屍骸骨堆積如山，百姓悲鳴不已。

飛天之禍已去，邢國之主邢霍斌卻向蠻族主動挑起戰端，元氣大傷又未痊癒的邢國因此一蹶不起。

邢霍斌不知道自己為何如此戀棧，他甚至不曉得自己真正想追求的究竟是甚麼？邢霍斌只知道要他征戰、建立死國的聲音連年增強，聲音自四面八方湧現，又像源出本心，邢霍斌覺得自己彷彿遭亙古冤魂附體，他無法分辨什麼選擇才是真正出於他的意志。

無人得以勸退孤高的邢皇，在天地大戰帶予勝利契機的李雀、楊燦，心灰意冷離開吉祥宮，隻身前往崑崙大陸另闢家園。護國將軍易艷凰負傷卸任，重回民間。

唯一留在邢霍斌身邊的是他情同手足的摯友，裘家軍之主裘昊天。

無法忍受飢寒交迫、征戰連年的邢國百姓組成義軍，突破外牆防線，朝朔和殿襲來。邢霍斌曾希望朔和殿成為結束之地，一時感慨如今一語成讖。

禁衛軍早已自散，滿朝文武百官業已放棄皇室告老還鄉，空曠宮殿唯剩降龍與野鳳之主。

邢霍斌自黯淡無光的王座起身，對身旁唯一聽眾，裘家軍之主裘昊天告解，他的聲音冰冷清晰。

「死亡與破壞的無盡渴望誘惑著我，在與殛天芙蓉一戰後，我的不滿足兀地攀升，我恨這個禁閉我的皇室，我恨這些將不實指控強加我身的邢國百姓。我渴望血流成河，我希望一切毀滅而後重生，曾經將邢國擺在第一位的我究竟怎麼了？」

「霍斌，我不是傻瓜，我知道你的……改變因何而起。殛天芙蓉的仇恨流竄你的血液，造就現在的無道暴君，我猜得沒錯吧？」

邢霍斌怔忪抬首，他忘卻當日與殛天芙蓉對決時，裘昊天亦是在場，甚至給予殛天芙蓉最後一擊。

「嚴格說來……是我害苦了你，如果我能儘速揮刀，邢國就不會淪於今日局面。」

裘昊天垂頭，邢霍斌漠然看著，而後一道與年輕君王極不相襯的慘烈笑容浮現邢霍斌俊雅的臉。

「『是自己的因果孽報，休怪罪他人』。我曾如此對殛天芙蓉道。如今我才明白那句話是多麼強大的咒句。一切其來有自，跟你毫無關係，昊天。」

邢霍斌闔眼，一字一句說出自己年少時不可能有的想法。

「今日結局孰為業報，怪不得旁人。」

裘昊天勃然大怒：「什麼鬼業報？這只是限制凡人的想法！你又不是楊燦那種江湖道士，怎麼會信奉這種怪力亂神的胡言亂語？」

「那我換個方式說好了。不論今日讓我犯下這麼多過錯的是殛天芙蓉縈留的幽魂或是業報，做出這些決定、讓國禍連綿、征戰不休的，都是透過我這雙手。我願意負起責任，然而我……卻沒有……有罪的心理。即使我是始作俑者，我卻感覺身處雲端，什麼都不明白，一切都過於虛幻。」

在莫名接受殛天芙蓉的致命一吻後，很多是是非非邢霍斌已然模糊，他感到強烈挫折，邢霍斌甚至不曉得他下令征討四方是受體內的惡意驅使亦或他想藉此證明自己的強大所致？做下決定的無疑是他，可是邢霍斌知道，所有事情於他就像霧裡看花，他覺得荒唐，但他著實不明白自己為什麼會讓世局淪落到這般無法挽回的局面。

裘昊天迴避邢霍斌的目光，沉默許久才再度開口。

「你是我最好的朋友，然而連我也無法容忍你犯下的滔天大罪。如果此世的你無法解答自己的所作所為，就請你耗盡所有，世世代代思索。」

「我要如何知道？」邢霍斌淡言，「你沒聽見百姓組成義軍以鈍器敲擊城牆的聲音？你沒聽見他們共鳴的震怒？再一會兒他們就會闖入吉祥宮，他們的怨怒已是潰堤潮水，如果不想辦法安撫，邢國會就此覆滅。」

邢霍斌斬釘截鐵做出定論：「百姓的憤怒堪比煉獄業火，不用邢皇的血，是無法鎮住百姓的魂。」

年少輕狂已成為過往，裘昊天知曉邢霍斌的話無比真切，他本就不擅思考，如今更是想不出反駁的話語。邢霍斌來回踱步，即使他佯裝處變不驚的自若神態，裘昊天仍捕捉到邢霍斌略微顫抖的語尾。

「易艷凰是義軍之首，在我死後，百姓應該會推舉她成為新皇吧？她是庶出，百姓對她的接受度絕對比其他朝臣來得高。我相信她能將邢國治理得很好。昊天，你也加入義軍吧！在裘家軍幫忙征討飛天後，民眾對你們的印象大大改觀，不論是你或者易艷凰，都是我能將國家託付的對象。」

邢霍斌抽出降龍，冷不防將之硬塞入裘昊天懷中。

「還記得那次我將任務託付給你時，我說過什麼嗎？」

裘昊天望著懷中的降龍，遲疑頷首。

「我會用邢皇之死鎮壓暴怒的百姓。如果你曾當我是朋友，請你不要讓我失望，請你讓邢國回到原本該有的太平盛世。」

降龍的冰冷觸感傳至心口，裘昊天不由得想起那月明星稀的夜晚，兩人互換降龍野鳳時的率直微笑。如果時光能倒流，回到那時該有多好？

一道念頭閃入裘昊天腦海。是呀，就讓他們回到當時吧！

裘昊天像是下定決心地頓了頓：「我明白。霍斌，你也記得我曾對你說過的我的兩個願望吧？」

邢霍斌一聲不吭點頭回應。

「你也還記得在你將降龍交予我前，我已將野鳳託付給你吧？」

「……記得。」

那夜不過距今數年，如今人事已非，裘昊天與邢霍斌暗地感嘆，但不敢將之訴諸言語。

裘昊天的拳頭出其不意往邢霍斌腹部一送。邢霍斌狼狽退後，屈膝跪地，不解地悶哼。

「在交換野鳳、降龍那刻，我們兩個的命運早已互換，你說過暴民之怒只能用邢皇之血鎮壓？你說得沒錯，百姓需要邢皇之血，然而那……不一定非得是你。」

邢霍斌須臾明白裘昊天欲做之事，他慌忙起身，項頸卻再挨上對方一記痛揍。

「去解答自己的所作所為，並試圖贖罪吧，吾友。」

邢霍斌感覺自己的意識逐漸模糊，裘昊天吹起口哨喚來影風。裘昊天似乎對他說了什麼，唇在動，耳朵卻什麼也聽不見。邢霍斌就此昏厥。

畫面登時一換，綁著黑色頭帶的女性氣急敗壞衝入群聚成圈的民眾間，民眾正包圍一具血肉模糊的男屍。據率先衝入皇城的民眾所言，男人逆著光佇立城牆，身穿戰甲，朝天張開雙臂宛如在與天訣別。男人乘著底下邢國百姓的嘶吼，雙腳騰空離地，一躍而下。強烈撞擊讓他面目全非，民眾僅能由男人腰際的配劍辨別身分。

那柄鑲著藍色寶石的劍無比尊貴，唯有皇室成員得以擁有，為此百姓斷定血肉橫飛的男屍正是造就戰事連連的無道君王，邢國之主邢霍斌。

藉由人民仇恨所向的邢皇之死療癒，百姓的不滿與暴戾之氣紛紛退去，他們席地而坐，緊緊抱著彼此哭泣，民眾的怨氣煙消雲散。

趕不及見上最後一面的女人伏在屍身嚎啕大哭，鮮血覆滿她的臉蛋，女人知道，這是她窮極一生，永世輪迴也無法償還的血債。

她沒有保護好自己的主子。

翌月，國事趨於穩定的邢國另立新主，智謀武德兼備的易家之女登基，維持原國號，致力安平天下，帝業永昌。

※　※

我雙眼一闔，再睜之際，雙眼已恢復暗淡的玄黑。那些令我日夜驚醒的影像，倏地消失。

少女倒抽一口氣，她的臉頰毫無血色，雙脣顫抖。她不過是名荳蔻少女，又怎麼有辦法承受血肉模糊的駭人影像？我啊了聲，發現自己實在不智。

好一會，她才將微弱的聲音擠出喉頭：「這……難道就是殤官的仙法？」

我勉為其難一笑，希望這一笑能讓她明白我的歉意。

「姑娘別說笑了！什麼仙法？這世間怎麼會有這種東西？方才妳看到的不過是一些逗弄人的戲法，同西域奇人學的。」

在話出口的同時，我下意識迴避少女的眼神，我將用力到泛白的指節藏於身後，心中暗自祈禱少女能相信我的戲言，我一時受情緒所囿，不智地在她面前使出這番把戲。

我的存在本身就是天地間的最大謊言，再添一個謊也無妨。

謊，孰真孰假，真弄不清。

「如果故事只是故事、戲法只是戲法，先生就不會有這麼悲傷的表情。」

少女的語調略帶遲疑，清澈堅毅的眼眸比她的語氣更具說服力。

「悲傷？我已經很久沒有感覺悲傷。姑娘真是性情中人，聽故事聽得出神，竟然信以為真。妳一個好人家女兒，瞧我把妳唬得如何？姑娘的爹娘肯定怨我。」

我戲劇性嘆氣，一時間竟想不到能再編什麼故事打發眼前的年輕姑娘。

我又是為何要對她傾訴？恐怕是因為她的神情吧？她總讓我想起一位故人。

一股暖流覆至雙手，少女無懼男女授受不親握住我的雙手，我嘗試以超凡過人的閱歷解讀她眼中訊息，可惜徒勞無功。

「我知道等待是一種贖罪之旅，你雲遊四海，以不老不死的身體一再傳誦故事。你希望有大自己能發現一切只是南柯一夢，可惜故事，終究不只是故事。」

少女的感想令我露出淺笑，這抹微笑是我真正的情緒，悲傷又憤怒，但終歸於平靜。

曾幾何時我知道自己臉上人類的痕跡所剩不多，常人的情感早捨棄我，讓我陷入難以掙脫的困境。我用邋遢糾結的長髮遮掩曾經英姿煥發的臉龐，刻意瘸拐步行隱藏過去挺拔的體態，我的經歷是故事說不出的輓歌。

「你不敢忘記這段過去，所以你只能一直說、一再說，你希望有人在聽完故事後，能替你補完佚失的話語。先生，我猜的對嗎？」

面對她一針見血的提問，我再也無話可說。

我流浪各地，在每個時代重述故事，繁瑣細節隨著時間流逝，真真假假，假假真真，我不確定什麼事情曾經發生，什麼事情又不曾發生。我的過去變得瑣碎，時間將我的經歷分割破壞，我只能將忘卻的地方戲劇性補上，藉此豐滿我遺漏的過往。我可以忘記開始與過程，最後的訣別卻仍歷歷在目。我能糊弄聽眾、欺瞞自己，然而對於終幕的場景我始終沒有臆測的勇氣。

「先生會一直將故事說下去，容我大膽猜測，你要不希望大夥能記得裘昊天、楊燦、李雀、鍾楚、易豔凰的英勇，要不就是希望有朝一日有人能替你補完真正的結局，那段你未曾聽到的訣別。我……曉得裘昊天最後到底對邢霍斌說了什麼，他一定是這麼說的吧！」

驟然間，我幾乎沒有勇氣站在原地，我惱恨對方竟將自己看得如此透徹。

想聽，卻又禁不住害怕想制止她，我害怕摯友最後的訣別只有憎恨。

他可以，他絕對可以恨我，他也應該恨我。

六神無主間，少女輕啟蒼白的唇。

「我想裘昊天最後說的應該是——活下去，然後等我，我一定會回來找你，然後贏過你。先生，請你務必將詛咒當作祝福。再活一遍，再活千萬遍。有天，說不定你能遇到往昔友人的轉世，與他們再次相會。」

敘述不斷流逝的故事消磨我的靈魂，我的肉體精疲力竭，精神卻是許久未有的充實透明。我征征望著她好半晌，身體深處那無遠弗屆的悲傷與內疚徐徐剝離脫落。

我感覺體內抑止的時間開始緩緩流動，我不知道這是悲是喜，但我由衷奢望這會是一個嶄新的開始。

惶然的我矗立逐漸模糊的記憶洪流，我在腦中不斷墜落再墜落，我被時間排拒在外，化身無人在乎的脫軌命運。我旅行各地，訴說故事，讓自己存在這又不存在這。

生命，對我而言不過是急遽飛逝的幻象，我亙古長存，無時無刻感受心痛欲裂的苦楚。

我日復一日祈禱，盼望我能脫離不衰肉身，委身歷史洪流。我是被放逐之人，日日夜夜親嚐自己造就的苦果。我知道自己只能一直說下去，只能想方設法讓我的故事淵遠流傳，只能盼望透過聽者的責罵，我的罪孽終有一天能洗滌殆盡。

我身上的咒詛究竟還要多久才能消失？我究竟還要行走多久才能獲得原諒？她們從天的一端來到邢國，我亦由故國來到陌生世界，因果業報，在我們身上無情奔走。

我終於尋回佚失的道別。

這回，我總算能安心地闔上疲憊的雙眼。

「先生，可以告訴我，你的名字嗎？」

我悄然回答，沉甸甸的壓力消散，誠如一名豔絕女子靈魂該有的重量，我如釋重負。

「我……叫邢霍斌。」
那是千百年前，我真正的名字。

天訣　完

後話之一：忠肝義膽

無疑的，她曾瀟灑活過，曾手持兵器衝鋒陷陣，然而時光荏苒，她已年華不在，曾經健美的身軀、矯健的身手離她遠去，空留的只剩垂垂老矣的皮囊。

比起華美的朝服，她更喜歡套上充滿痕跡的戰甲。比起一般在家繡花、相夫教子的姑娘，她更喜歡在戰場上馳騁，與男子一同保家衛國。

這裡是邢國歷代皇帝安眠的陵寢，新砌的那座墳已然封死，裡頭埋葬邢國百姓不願提起的罪人遺骸，她排除眾議，執意安葬於此。

她年事已高，朝臣提議在帝王塚修葺屬於她的陵寢，她拒絕了他們的提議，她寧願馬革裹屍、又或骨灰灑向大海、又或以身體肥沃花田，她對朝臣說自己不需要華美的陵寢，邢家的帝王塚是她死後不配踏足之地。

她拖著精緻的長衣襬來到陵寢前，那是整群帝王塚中，唯一一座沒供有帝王雕像的陵寢，沒有工匠願意領王命為這名曾經意氣風發，最後受萬民唾棄的年輕君王塑像。

她跪在墓碑前，以歷經風霜的枯爪撫摸石碑。這是一個空有富麗外觀的陵寢，一來沒立像，二來石碑未刻上亡者之名，是威嚴雄偉的帝王墓群中唯一的「無名塚」。

「我將邢國治理得很好，百姓安居樂業，飛天帶來的傷痛苦楚，透過時間洗滌誠然退去，萬伏城也在白家後代治理下回歸往昔榮景。」

她維持原本國號，在位期間堅決不以帝王專有的「孤」自居，她始終稱自己攝政王，至於是攝誰的政，怕是那道已灰飛煙滅的故魂。

百姓封她永東神皇，編撰歌謠吟誦她的睿智神武，以慷慨激昂的歌聲將她在天地大戰英勇的身姿如實傳唱。

邢國子民不曉得的是對她而言，這些歌詠功績的曲子於她耳裡與謾罵沒有兩樣。她清楚自己的命是受故人救助，面對她本該效忠的人，她更是揮出最後一刀。

「我會讓白家王爺過繼到邢家宗祠再繼任皇位，王權……終歸回到邢氏手上。王爺跟白垓將軍一樣，是個有血性、仁慈且睿智之人，他會讓邢國國泰民安。」

她就這樣一個人，獨自在陰冷的帝王陵中，對著無字碑喃喃。

為了避免夫婿干政，子嗣爭權，她始終孑然一身，將所有的愛、熱情貢獻邢國。當黑夜轉為白晝的那刻，她總覺得格外空虛，每到那刻，她便會反覆質問自己，她的選擇究竟對不對？堅持在一介帝王的護衛將軍之前，她更是一名尋常百姓的想法是否正確？她曉得自己無愧赤膽忠心四個字，但到頭來，引領百姓起義的依然是她。

佈滿皺紋的消瘦臉蛋落下熱淚。

「抱歉！我真的很抱歉！背負東方將軍稱號，結果最後……陪著、保護他的竟然是你。對不起，我將自己該肩負的任務一股腦兒丟在你身上。」

她還記得當她看見那具遺體，她的眼瞳驟然收縮、心臟彷彿因此膨脹爆裂，她在那瞬刻停止呼吸，之後，她接受一切。

她一生光明磊落，唯獨在這件事上，她撒下瞞天大謊。她以披風將那具面目全非的遺體謹慎遮掩，勒令百姓不得辱屍。

而後，被推舉上帝王之位的她，承襲先皇之命將東方碉堡賞賜裘家軍，她製造裘家軍領袖因為摯友亡故哀痛遠走高飛的假象。她竭盡所有安撫裘家軍，聲名遠播的傭兵軍團在太平盛世下逐漸與百姓合流，邢國再無武功蓋世的裘家軍。

在天地大戰喪命的將士，全被安葬於英烈祠，那位與她只有數面之緣，卻在最後關頭對她捨身相救的裘家軍成員，同樣風光葬於那。裘家軍是無根浮萍，她不曉得被葬於如此嚴謹盛大的祠堂，他是否覺得習慣？又或許，死者對此無動於衷，所有死後世界、祭儀，只是生者的自我滿足。

她凝視無字石碑良久，乾涸的喉嚨擠出告解。

「你應該也不在意自己被葬在哪，魂歸西天，鳳凰早已展翅翱翔，在這裡的……留在這裡的，甚麼也不是。」她頓了頓，「就跟我一樣。」

她盡可能挺直身軀，老態龍鍾的她再也無法像年少時就算不是刻意站直身子也能顯得精氣神俱足。

她經歷過邢國最艱難的年代，也開創了邢國最令百姓津津樂道的年代。她拿出藏於內袋的紙錢，寫上與其餘陵墓相異的姓氏，誠心焚燒。

她遙望天，她知道那些令邢國誠惶誠恐的黑影不會再伴隨靡靡之音，以搖曳身姿降臨。紙錢灰燼飄散，疾風將殘片帶回天際。

「倘若能有來世，我希望自己能扮演您最好的傾聽者，我會竭盡一切完成您的願望，替您謀得您求而不得的事物。」

就著即將燃燒殆盡的殘渣，她輕聲向下落不明的故人立誓。

後話之二：魂歸來兮

人類以智識凌駕萬物，自詡無所不能，然而所謂聰明反被聰明誤，他從不覺得人類有顏面認為自己高眾生萬物一等。

明明有雙手，卻怠於勞作。明明有雙腿，卻選擇停歇。明明有雙眼，卻仍被凡俗所騙。

他們只看到暴君、看到血流成河、看到諸魂怨怒，卻瞧不見問題的真正根源。

人民善於遺忘，勤於憎恨，他們忘卻青年君王如何汲汲營營，殫精竭慮，夙夜匪懈苦思才換來一線生機。他們忘卻那群從天降生的絕艷魔物是靠青年君王身先士卒、浴血沙場才與以退敵。

他們遺忘的太多，銘刻於心的太少，最後他們只記得伸出憤怒的雙手，以石塊、鈍器砸毀宮牆，試圖將青年君王從死寂殿堂拖出，用對方的鮮血鎮魂。

他望著逐漸遠去的愛駒，他曉得那匹獨存、由他從小豢養的千里良駒必然能完成自己最後的請託，牠會將那個人帶離一切煙硝紛亂，馱駛對方抵達安全之所。

那個人為了萬千眾民犧牲所有才謀得活路，如今換他來為對方找尋逃出生天的方法。

他一刀將多年未剪的長髮削至齊肩，他未曾在意「身體髮膚受之父母不可毀傷」，他在親爹、同伴手下受得的皮肉傷，多到憑他的單純腦袋無法數清。選擇留長髮並非他對長髮情有獨鍾，純粹居無定所、懶得打理，怕麻煩索性一條皮繩將之高高束起，一了百了。

他與對方身高差了數吋，每每受對方嘲笑腿短，仵作應該不會有心思檢驗屍體身長多少吧？

驀地，他為自己的擔心感到可笑，以百姓激昂憤慨的心，暴虐的步伐，沒讓他身首異處、頭顱高掛城牆都算輕饒，又怎麼會在意這些小細節？

他將對方的鎧甲套上，尺寸稍大的鎧甲令他感到無比沉重，一想到那個人日以繼夜將這樣的重量加諸雙肩，即使沉重、疲倦，也不曾見那個人鬆下肩膀露出頹態，他不由得握緊雙拳。

當一切打理妥當，他摸著自己的臉發愁。論相貌，他們不僅不像，他甚至覺得自己俊秀更多。頭髮他可以剪去、身形可以由衣物偽裝，然而相貌這點就算百姓再目盲，也不可能錯認他倆。

他孤坐王位，在杳無人跡的朝堂托腮深思，原來思考是一件這麼折煞人的事情，他對離去的那個人肅然起敬。

百姓的叫囂聲、鈍器的敲擊聲隱隱約約駛入宮中，耳邊莫名響起過往馳騁沙場，那金鐵交鳴的尖銳音響，那些於他耳裡曾堪比仙樂悅耳。

可惜他再也無法身處其中。

他靈機一動，赫然想起那一小瓶私藏尚未用完，這小小粉末曾替他與楊燦、李雀爭取時間，今刻又將再次小兵立大功。

他彈開封蠟，嗆鼻氣味登時竄出。他瞇起眼，咬緊牙關，一鼓作氣將殘餘粉末悉數往自己臉上灑去。

椎心刺骨的疼痛鋪天蓋地襲來，他痛得幾乎咬碎了牙。臉上那種宛如火燒的痛楚彷彿有生命不斷往皮下啃噬，一如喜食血肉的蛆蟲窮盡力氣試圖鑽得更加深入。他仰頭，指甲刺進厚實掌心，渾身止不住顫抖。

沒有眼瞼的眸瞳連淚水都泌不出來，視線逐漸模糊，焦爛的臭味使他貧於思考的腦筋更加空白。

好疼，真的好疼，從來沒這麼疼過。

他突然回憶起年少時，不打不相識的兩人終於跨過成見結為至交，於那結義的夜晚，他們一同溜進山林打獵，充當夜宵。他的劍法確實遜於對方，箭術則不然！從四歲開始學習騎術的他能在奔馳間，一箭由眼貫腦擊殺獵物。那夜，他們獵到一隻雌鹿，那個人負責肢解，而他生火準備，歡喜地等待飽足口腹之慾。

偏偏他是那種從不記取教訓的類型，一不慎，火星彈跳上身，那身引以為傲的皮草背心恰恰成為最好煤介，祝融瞬刻覆滿全身。

那個人直接朝他撲了過來，帶著他在草地上打滾，待翻滾數趟，火勢總算撲滅。當危機解除後，他才赫然發現對方為了救他，燒傷慣用手。

那個人的表情毫無變化，彷彿一點兒也不覺得疼，只憂心忡忡詢問他是否有哪裡傷著？

彼時那個人也跟現在的自己一樣疼嗎？那太好了！他們扯平了。

他搖搖晃晃起身，以強韌的意志力穩住步伐，艱難朝宮牆邁去。富麗堂皇的吉祥宮如今只剩空殼，陰冷氣息流竄，皇城蛻變為皇陵。

他緩緩往百姓喧騰的聲音前進，這一路與那時候他和那個人捕捉殛天芙蓉的路線如出一轍，他一步步前進，亦一步步回想過往。

好半晌，他終於走到城牆之上，真是天助他也！他已渾身無力，若距離再多上數尺，說不定他就要用爬的才能抵達。

一代帝王毫無形象在地上爬行？那怎麼成？

他矗立城牆，烈日當頭，他逆著陽光敞開雙臂。

四周盡是白光，景緻消溶於光亮中，一切變得模糊，視覺、嗅覺、觸覺，甚至是痛覺。從臉上感受到的熱度推想，此時的陽光應該相當刺眼吧？難怪他無法看清楚！

真好，真好。

自古帝王以龍自居，邢國之主更稱自己為降龍之人。而他們這一脈以鳳自居，且是隻無拘無束的野鳳。

他知道自己敞開雙臂、擁抱的是浩瀚蒼穹，他將如一隻鳳振翅回歸。

當他一躍而下之際，他心中毫無畏懼，再大的風浪他都能挺過來，這次也不例外。

倘若有來世，再讓他們做一回兄弟吧！

後記

感謝家人師長朋友這種太廣泛的話，我就這樣帶過了。

我其實鮮少寫這樣東方色彩的作品，一直以來我是個極其洋化的創作者，寫作十之八九往西洋經典、神話故事取材。

「飛天」是我一直非常喜歡的元素，敦煌石窟的絢爛壁畫更是我很想朝聖的景點，因此才有了這次《天訣》的作品。

朋友總戲稱我是「渣男」製造機，書寫的作品角色十個有十一個是渣男！這部作品也不是想擺脫製造機封號，而是我真真正正想寫一段超越血緣的兄弟關係。

同為獨子的邢霍斌與裘昊天在我眼中就是這樣一段關係。當然他們兩人之間並不存在現在風行的「耽美」情愫，邢裘二人之於我，是展現出人性最珍貴的情操，那種為了大義、朋友，不惜捨身取義的精神。

我很喜歡這樣的人，但這樣的人們伴隨的命運必定坎坷，必定需要劈荊斬棘，邢霍斌在邢國最困苦的日子倉促繼位，他汲汲營營，可惜最終在宿命論下，邢霍斌終是沒能度過難關，過往的努力與堅持紛紛變成泡影，他成為邢國人民的眾矢之的。

成敗勝負論英雄，邢霍斌確實曾經英雄過，可惜他最終的一切行為令他被人民放棄、鄙視，或許真是出於殛天芙蓉的詛咒，亦或許是他壓抑的心被狂亂地釋放。

因此活下來的他不斷將過往以故事形式訴說他人，邢霍斌想用眾人的謾罵嘲諷凌遲自己，在愧對人民前，對邢霍斌來說，他最愧對的人還是裘昊天。

所以他壓根不敢猜測裘昊天到底對他說了甚麼。邢霍斌不是不了解裘昊天，正是因為了解，他更不能去猜測，他深怕一切只是幻想。

邢裘二人的情誼來自父執輩，前任邢皇邢釋天在皇子爭權時，身中劇毒，隻身突破重圍逃出生天，在命運的巧合下，救了他小命的人正是裘昊天的親爹裘貊。這段故事其實我另外寫了一部前傳，這對父輩在尋找消失的裘家軍首領時，第一次遇到飛天，也在旅途中嚐到絕望與無能為力，奠定一代明君傳說。

這麼看來，裘家似乎兩代都成為邢家的救命繩索。

卡夫卡曾說過：「我們需要的書是那種會像不幸事件一樣對我們造成衝擊，會像某個我們所愛、甚至比愛自己更多的人死去一樣使我們悲傷，使我們感到自己彷彿瀕臨自殺邊緣，或者迷失在杳無人煙森林裏頭的書——書應該扮演那把用來擊碎藏於人們心靈凍海的斧頭。」

這段話是我對自己創作的最高寄望，我希望我能逐漸往這個目標邁進，書寫出令人印象深刻的作品。

《天訣》完稿有一段時日，除了謝謝秀威願意出版這部作品，我還要特別感謝看過初稿的凱與克里斯大哥，謝謝你們在當時給予我支持，也一路支持我的創作到現在。我亦要謝謝我的好戰友，Better together的成員（特別點名溫菊，感謝他幫我寫了一個那麼精彩的推薦序，我無地自容，請大家多多支持他的《轉心訣》），因為有你們，我才更能體認到還是有人正努力創作，還是有人對寫作懷抱極大熱情。

期許自己能寫出更多、更深入的作品。

莫斌（Lameir）108.01.19

釀奇幻31　PG2182

天訣

作　　者　莫　斌
內頁插畫　莫　斌
責任編輯　鄭夏華
圖文排版　林宛榆
封面設計　楊廣榕

出版策劃　釀出版
製作發行　秀威資訊科技股份有限公司
114 台北市內湖區瑞光路76巷65號1樓
電話：+886-2-2796-3638　傳真：+886-2-2796-1377
服務信箱：service@showwe.com.tw
http://www.showwe.com.tw
郵政劃撥　19563868　戶名：秀威資訊科技股份有限公司
展售門市　國家書店【松江門市】
104 台北市中山區松江路209號1樓
電話：+886-2-2518-0207　傳真：+886-2-2518-0778
網路訂購　秀威網路書店：https://store.showwe.tw
國家網路書店：https://www.govbooks.com.tw
法律顧問　毛國樑　律師
總 經 銷　聯合發行股份有限公司
231新北市新店區寶橋路235巷6弄6號4F
電話：+886-2-2917-8022　傳真：+886-2-2915-6275

出版日期　2019年3月　BOD一版
定　　價　320元

Printed in Taiwan

國家圖書館出版品預行編目

天訣 / 莫斌著. -- 一版. -- 臺北市 : 釀出版,
2019.03
面；　公分. -- (釀奇幻 ; 31)
BOD版
ISBN 978-986-445-319-1(平裝)

857.7　　108002776

讀者回函卡

感謝您購買本書，為提升服務品質，請填妥以下資料，將讀者回函卡直接寄回或傳真本公司，收到您的寶貴意見後，我們會收藏記錄及檢討，謝謝！

如您需要了解本公司最新出版書目、購書優惠或企劃活動，歡迎您上網查詢或下載相關資料：http:// www.showwe.com.tw

您購買的書名：________________________________

出生日期：________年________月________日

學歷：□高中（含）以下　□大專　□研究所（含）以上

職業：□製造業　□金融業　□資訊業　□軍警　□傳播業　□自由業

□服務業　□公務員　□教職　□學生　□家管　□其它_____

購書地點：□網路書店　□實體書店　□書展　□郵購　□贈閱　□其他

您從何得知本書的消息？

□網路書店　□實體書店　□網路搜尋　□電子報　□書訊　□雜誌

□傳播媒體　□親友推薦　□網站推薦　□部落格　□其他__________

您對本書的評價：（請填代號　1.非常滿意　2.滿意　3.尚可　4.再改進）

封面設計____　版面編排____　內容____　文／譯筆____　價格____

讀完書後您覺得：

□很有收穫　□有收穫　□收穫不多　□沒收穫

對我們的建議：________________________________

____

____

____

請貼
郵票

11466
台北市內湖區瑞光路 76 巷 65 號 1 樓
秀威資訊科技股份有限公司 收
BOD 數位出版事業部

(請沿線對折寄回，謝謝！)

姓　名：____________　年齡：________　性別：□女　□男

郵遞區號：□□□□□

地　址：____________________

聯絡電話：(日)____________　(夜)____________

E-mail：____________________